弦歌

祁智

莫砺锋 | 胡阿祥 | 高峰 | 俞香顺
董蓓 | 赵丹军 | 张鹏 | 彭敏

联袂推荐

祁智 的 经 典 阅 读 笔 记

《史记·孔子世家》云："三百五篇，孔子皆弦歌之。"清人刘大櫆《问政书院记》云："弦歌以和其心，诵读以探其义。"中华传统文化在整体上具有诗性特征，著名儿童文学作家祁智把他阅读古代经典的心得撰成一书，题作《弦歌》，不亦宜乎？

——莫砺锋 南京大学人文社会科学资深教授

祁智《弦歌》，以"经史子集丛"之琴瑟，奏"天地人神鬼"之咏叹。其音，有风有雅有颂，聆之，颇思欧阳修之赋秋声；其旨，言志言情言美，悟之，乃念五柳先生之归园田……

——胡阿祥 南京大学历史学院中国历史系教授

《弦歌》以哲人的灵心睿思，一弦一柱触按历史的根脉；以作家的精妙构思，还原文学经典的现场，奏响弦外之音。紧紧围绕永恒的命运主题，选取引人入胜的历史瞬间，心游万仞，鞭辟入里。既有独到的史识、鲜明的个性，又显精彩的文笔、艺术的魅力。

——高峰 南京师范大学文学院教授

祁智的《弦歌》延续了风雅传统，注入了时代新意、自家体贴；既古典又现代，既严谨又性灵。全书如同长卷，移步换景，美不胜收。每篇又各自独立，隽永可人。

——俞香顺 南京师范大学新闻与传播院教授

《弦歌》这本书，从《诗经》到《离骚》，从曹操的水何澹澹到卢梅坡的梅香，书中有刘邦项羽金戈铁马，也有罗敷的风姿绰约，更有竹林七贤的风骨，还有陶渊明的采菊东篱下。我看书的时候，就像来到了《我爱古诗词》的后台，来听祁智讲故事，听着听着，便觉得世界万物，一切美好。

——董蓓 南京艺术学院电影电视学院教授

《弦歌》带我们从《诗经》出发，开启一段如何了解古人生活智慧的旅程。

——赵丹军 江苏广播电视集团著名主持人

这首博古通今的弦歌，翻开满是情真意切的家国文字，合上就是余音绕梁的感怀叙事。用少年的同理心解读经典，用教师的共鸣心创意阅读，用文学的音诗画营造诗意。值得家庭共读，更值得静心畅思。

——张鹏 南京师范大学副教授、江苏省写作学会副会长

经典是一样的经典，故事是一样的故事。但是不同的人来讲，却会讲出不同的趣味与风致。所以，读其书，也便是读其人。祁智的文笔就像他本人一样，也渊博，也谐谑，也细腻，也深情。所以读这本书，可心有戚戚，可莞尔而笑，也可悄然感伤。

——彭敏《中国诗词大会》第五季总冠军

江苏人民出版社

弦歌

祁智 著

经典阅读笔记

十月蟋蟀入我牀下
幽风七月章

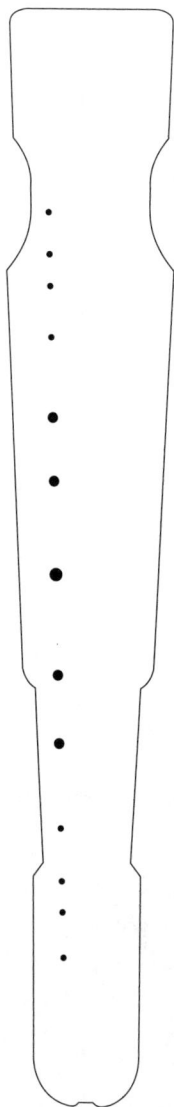

江苏人民出版社

图书在版编目（CIP）数据

弦歌 / 祁智著 . -- 南京：江苏人民出版社，

2022.10（2024.12 重印）

ISBN 978-7-214-27327-7

Ⅰ.①弦… Ⅱ.①祁… Ⅲ.①随笔－作品集－中国－

当代 Ⅳ.① I267.1

中国版本图书馆 CIP 数据核字（2022）第 126323 号

书　　名	弦　歌
著　　者	祁　智
责任编辑	李晓爽
书籍设计	潘焰荣
责任监制	王　娟
出版发行	江苏人民出版社
地　　址	南京市湖南路 1 号 A 楼，邮编：210009
照　　排	江苏凤凰制版有限公司
印　　刷	江苏凤凰盐城印刷有限公司
开　　本	890 毫米 × 1240 毫米　1/32
印　　张	10.125
字　　数	65 千字
版　　次	2022 年 10 月第 1 版
印　　次	2024 年 12 月第 7 次印刷
标准书号	ISBN 978 - 7 - 214 - 27327 -7
定　　价	39.00 元

（江苏人民出版社图书凡印装错误可向承印厂调换）

目录

诗三百，一言以蔽之，曰：『思无邪。』

1

遥远时代的百科全书

我时常会读一读《诗经》。不是为了研究，纯粹是因为喜欢。

《诗经》距今至少2 500年了。这些歌谣，起初就长在田间间巷。后来，奉天子之命，每年春天，采诗官摇着木铎，深入民间收集它们，并交专人汇集。这些歌谣与公卿献的诗、乐官作的诗一起，经过甄别、整理和正乐律，最终成册。这需要一定的时间。事实是，《诗经》中的一些诗歌，经过考证，距今至少3 000年。

我是说，《诗经》里的诗，比《诗经》更早。"更早"是什么？是中华文明的源头，也是中华文明的"童年"时期。中华文明，在那个时候，就如同一个孩子。只是这个孩子是非凡的，干净、漂亮、聪颖。这个孩子就像朝阳，一跳出地平线，就辉煌灿烂。

读《诗经》，心是平静的。这种平静，不是将心固于一隅、陷于一井那样的沉寂，而是置于浩瀚苍穹、辽阔大地那样的安宁。坐于堂前，倚于树下，卧于床榻，即使只读几个字，神思也会飞跃，穿透时空，落于几千年之外的水边、岸上、田间、雨中。

我清楚地记得，初中时偶尔读到《蒹葭》：

蒹葭苍苍，白露为霜。所谓伊人，在水一方。溯洄从之，道阻且长。溯游从之，宛在水中央。（《秦风·蒹葭》）

这是我第一次读《诗经》，毫无准备。我不知道"蒹葭"怎么读，当然也不会写，只觉得字"好看"；翻着字典，踉踉跄跄读到底，只觉得音"好听"。"好看"与"好听"，是我至今对《诗经》不变的评价。字的好看与音的好听，让我固执地以为，就是"伊人"的形象和声音。

大学一年级，我读到了：

氓之蚩蚩，抱布贸丝。匪来贸丝，来即我谋。送子涉淇，至于顿丘。匪我愆期，子无良媒。将子无怒，秋以为期。（《卫风·氓》）

之后，又读到了：

击鼓其镗，踊跃用兵。土国城漕，我独南行。从孙子

仲，平陈与宋。不我以归，忧心有忡。爰居爰处，爰丧其

马。于以求之，于林之下。死生契阔，与子成说。执子之

手，与子偕老。于嗟阔兮，不我活兮。于嗟洵兮，不我信

兮。（《邶风·击鼓》）

这就是中华文明童年时期的诗歌——准确地说，是流传于民间的歌诗，或者歌谣。简单而婉转，质朴而华丽，灵动而明亮，轻灵而美好，无邪而多姿，端庄而神气。那个时候，词汇远不及现在丰富，但是有那么多词汇就"够"了。这种"够"，不是勉强，不是局促，不是苟且，而是能包容四海八荒的从容与宽余。

这就是《诗经》！每一个字都是那么经济，而又那么精当，又那么富有神韵。循环往复，往往只改一字或几个字，就是翻天覆地：

彼黍离离，彼稷之苗。行迈靡靡，中心摇摇。知我者

谓我心忧，不知我者谓我何求。悠悠苍天，此何人哉！

彼黍离离，彼稷之穗。行迈靡靡，中心如醉。知我者

谓我心忧，不知我者谓我何求。悠悠苍天，此何人哉！

彼黍离离，彼稷之实。行迈靡靡，中心如噎。知我者谓我心忧，不知我者谓我何求。悠悠苍天，此何人哉！（《王风·黍离》）

这首《黍离》，三小节，每小节 39 字，计 117 字。其实三小节只改动了 6 个字，反复吟诵，九转回肠，便是动人心魄、无与伦比的"黍离之悲"。中华文明的源头，寥寥数字，竟如此尽得风流！

这些灿烂的诗篇，在诞生之初，包括传播之时，并非书面文字——那个时候的书写太过奢侈。我们今天要读顺、读通、读懂这些文字，尚不容易。而在约 2 500 年前，甚至更为久远的时代，这些诗篇却被先民吟诵于口，传诵于口，口口相传。

那是怎样的一个时代啊！

君子好逑的先民，坎坎伐檀的先民，与子同袍的先民，鼓瑟吹笙的先民……一起发出中华文明最初的声音。

然而，我写这篇文章，不是为了介绍《诗经》，也不仅是为了表达对《诗经》的敬仰膜拜。我是想从另一个角度，说说中华文明的繁衍发展。

《诗经》收集了西周初年至春秋中叶（公元前 11 世纪—前 6 世纪）的诗歌，计 305 篇，约 39 000 字，反映了周初至周晚期约 500 年间的社会面貌。

我注意到，《诗经》里有劳动、战争、爱情、婚姻、祭祀、宴会、天象、地貌、植物，几乎是那个遥远时代的百科全书。

我还注意到，《诗经》虽然内容多、地域广，却只涉及 51 个地名，其中单一地名 35 个，国名兼地名 16 个。

比如："送子涉淇，至于顿丘。""顿丘"是地名，位于今河南省。

比如："从孙子仲，平陈与宋。""陈"与"宋"，都是国名，当然也是地名，位于今河南省。

《诗经》有 500 年的时间跨度，有整个黄河流域的空间跨度，为什么只有 51 个地名？而《诗经》中的植物名称，却达到 152 种。

我想，地名的确立，无外乎两个原因。第一，识别；第二，区别。但如果居住地相对狭小、封闭，人员几乎不流动，朝夕相处、面面相觑，识别与区别，都失去了意义。

我的目光如手指一样，抚摸着广袤的黄河流域。今天，这里气象万千。但是，约2500年前，这里地旷人稀。整天只面对一条河、一个土丘，或者至多只走去半里地，地名甚至不如植物重要，因为足不出户。而田野之上、河流之中，荇菜、莼菜、蒌蒿、飞蓬、蘋、白茅、黍……正在蓬勃生长。

《诗经》之后的文学作品里，地名逐渐并且迅速多了起来。比如距离《诗经》很近的楚辞、汉乐府，地名不仅繁多，而且越来越细化。到了唐诗宋词，几乎无地名而不成诗。这是因为，中华文明在黄河流域发祥、繁衍，然后顺流而下，或者逆流而上。水流的方向，就是部落大迁徙的方向。迁徙带来了交流，交流带来了融合，融合带来了发展，发展带来了繁荣。

今天的文学，样式多、流派多、风格多，如同一棵参天大树，枝繁叶茂，但它们都发端于几千年前的诗文。

那里是我们出发的地方，引人入胜。

　　一卷《诗经》,思无邪! 或是在旷野高歌,或是在庭院低吟。我常常掩卷,朝圣般看向遥远的地方。感谢先民,他们没有留下自己的名字,但是,留下了永远的《诗经》。

子在齐闻韶，三月不知肉味。

2

天将以夫子为木铎

京城大门打开，一个老人走了出来。他背着特制的竹简，摇着木铎，朝着既定的方向，开始长途跋涉。

"采诗官又走了。"京城的人听到木铎声说。

采诗官走在狭窄的官道上。蒹葭返青，荇菜参差，杨柳轻飘，黍苗拔节，油菜花黄，野蜂飞舞，喜鹊叽喳。他不禁唱起他和同事采集到的歌谣："春日迟迟，卉木萋萋"（《小雅·出车》），"桃之夭夭，灼灼其华"（《周南·桃夭》），"今我来思，雨雪霏霏"（《小雅·采薇》）。

伴随着歌唱，木铎发出悦耳的清响。

"采诗官又来了。"沿途的乡亲听到木铎声说。

乡亲把采诗官接到家里，奉为上宾。"为此春酒，以介眉寿。"（《豳风·七月》）再唱一首新歌《魏风·伐檀》：

> 坎坎伐檀兮，寘之河之干兮，河水清且涟猗。不稼不穑，胡取禾三百廛兮？不狩不猎，胡瞻尔庭有县貆兮？彼君子兮，不素餐兮？

这是3000多年前的事情。

每年早春，都有采诗官从京城出发，足迹遍布汉水、长江中游、黄河中下游。山水迢迢，经年累月，只为一件事：采集民间歌谣。

采诗官是中国历史上，最古老、最有品位的文化职业。

不是每一个人都能胜任这份工作。除了脚健耳聪、吃苦耐劳外，还要能听懂方言、精通音律，并且要能把采集到的歌谣，速记在竹简上。

在相当长的一段时间里，采诗官大多是孤寡老人，被朝廷专门选派。他们无牵无挂，但知书达理，经历丰富，洞悉古今，心存悲悯。

散落在山野之间，散发着泥土和禾稼气息的歌谣，如同盛开的花，等待像蜜蜂一样寻觅的采诗官。

采诗官的工作充满艰辛，但也充盈着幸福和诱惑，就连思想家、政治家、军事家、哲学家、武术家、教育家尹吉甫（公元前852—前775年），也是歌谣的采集者和编撰者。有足够的资料证明，他还是《诗经·大雅》中《崧高》《烝民》《韩奕》

《江汉》的作者。

> 四牡骙骙，八鸾喈喈。仲山甫徂齐，式遄其归。吉甫作诵，穆如清风。仲山甫永怀，以慰其心。(《大雅·烝民》)

尹吉甫甚至是歌谣赞颂的对象。《小雅·六月》，描写了他北伐的过程：

> 六月栖栖，戎车既饬。四牡骙骙，载是常服。玁狁孔炽，我是用急。王于出征，以匡王国。

采集的本质是选择。

乡亲们知道，乡言村语，难免平庸和糟粕。他们选择最好的歌谣，唱给采诗官听，以献周王。

采诗官知道，根植于民间的歌谣，不仅将"献之大师，比其音律，以闻于天子"(《汉书·食货志》)，而且"王者所以观风俗，知得失，自考正也"(《汉书·艺文志》)。他们选择最有意思和意义的歌谣，带回京城整理成篇。

　　呦呦鹿鸣，食野之苹。我有嘉宾，鼓瑟吹笙。（《小雅·鹿鸣》）

　　文王在上，於昭于天。周虽旧邦，其命维新。（《大雅·文王》）

　　於穆清庙，肃雍显相。济济多士，秉文之德。对越在天，骏奔走在庙。（《周颂·清庙》）

尹吉甫还是伟大的文学家、音乐家。他被像露珠新鲜、麦粒饱满的歌谣打动，择取出 3 000 多首生动辉煌的篇章。

中国诗歌、文学的源头，一下子就有了触摸星辰的高度。

朝野同歌。

300 多年过去了。

初春的黄昏，乍暖还寒。高大而苍老的孔子（公元前

551—前 479 年），席地而坐，地上铺陈一堆堆竹简。周游列国
14 年后，68 岁的他，带着弟子回到出发地——鲁国。他修《书》，
定《礼》《乐》，序《周易》，作《春秋》，耳边回响的，是一路
上听到的歌谣。

> 蒹葭苍苍，白露为霜。所谓伊人，在水一方。溯洄从
> 之，道阻且长。溯游从之，宛在水中央。（《秦风·蒹葭》）

> 知我者谓我心忧，不知我者谓我何求。悠悠苍天，此
> 何人哉！（《王风·黍离》）

孔子在音乐上造诣极高，尤喜韶乐，"子谓韶，'尽美矣，
又尽善也'"（《论语·八佾》），以至于"闻韶，三月不知肉味"
（《论语·述而》）。

现在，孔子工作已经完成，《书》《礼》《乐》《易》《春秋》，
整齐地码放在四周，剩下的全部精力，倾注于歌谣的编订。他
以"取可施于礼义"（《史记·孔子世家》）为标，以"尽善尽美"

为本，从尹吉甫择取的3 000多篇中，披沙拣金，选出305篇，编集成《诗》。其中，160篇为《风》，105篇为《雅》，40篇为《颂》，并把《文王》《鹿鸣》和《清庙》，分别确定为《大雅》《小雅》和《颂》的开篇。

《风》是各地民歌；《雅》分《大雅》《小雅》，大多是贵族用来祭祀的诗歌；《颂》是朝廷宗庙祭祀的诗歌。三者先后顺序怎么安排？按尊卑，似乎应该《颂》《雅》《风》。

子夏掌灯进来。

子夏（公元前507—前420年），姓卜名商，是"孔门十哲"之一。孔子对他的评价极高："起予者商也！始可与言诗已矣。"（《论语·八佾》）意思是说，能够启发我的人是你卜商啊，我现在可以和你谈《诗》了。

孔子示意子夏，把《颂》移到《雅》之后，又把《风》移到《雅》之前。然后，他在子夏的搀扶下站起来，拿起竹简，且展且歌：

关关雎鸠，在河之洲。窈窕淑女，君子好逑。参差荇菜，左右流之。窈窕淑女，寤寐求之。（《周南·关雎》）

孔子看到子夏的眼光中有一丝犹豫，缓缓地说："思无邪。"他弯下腰，在《风》的最前面，放下《关雎》。

"美哉！"子夏豁然开朗，仿佛由男欢女爱，看到男耕女织、风调雨顺，看到礼乐治国、国泰民安。如豆的灯火，在深夜有了如炬的光亮，满屋的竹简熠熠生辉。他想起路过仪地（今河南兰考县），一位官员对老师的赞颂："天将以夫子为木铎。"（《论语·八佾》）他调皮地拿出木铎，轻轻振动。

动听的声音，在孔子的头顶鸣响。

孔子指定，子夏传《诗》。

又过了300多年。自西汉起，《诗》被尊为《诗经》。

不知我者谓我何求。

3

麦秀黍离之悲

一个朝代的毁灭，不管怎么说，都值得悲伤。

中国史书记载的第一个朝代是夏（约公元前2070—前1600年）。夏朝延续471年，被商所灭。桀是夏朝最后一个君主，也是有史以来，第一个葬送一个朝代的暴君。

商（约公元前1600—约前1046年）是中国历史上第二个朝代，延续555年。商朝最初频繁迁都，后来定都于"殷"（今河南安阳），又称"殷商"。

商朝有一个君主叫帝辛，也就是纣，是帝乙的小儿子，在位30年。继位之始，他和桀一样，励精图治，后来也和桀一样，暴虐无道、荒淫无耻。公元前1046年，商朝的军队与周武王率领的诸侯联军，在牧野决战，被击败，纣自焚身亡。纣也和桀一样，成了一个朝代最后的君主。从此"桀纣"齐名，成为"暴君"的代名词。

商朝是被眼看着灭亡的。

商朝有一个太师叫胥余，是帝乙的弟弟、纣的叔父。因被封于箕（今山西太谷县东北），又叫"箕子"。他辅佐朝政，功勋卓著，与微子、比干并称"殷末三仁"。《论语·微子》中记载：

微子去之，箕子为之奴，比干谏而死。孔子曰："殷有三仁焉。"

微子是纣的哥哥。他看不惯纣的暴虐荒淫，又无力回天，带着祖宗牌位投奔了周武王。

比干和箕子一样，也是帝乙的弟弟、纣的叔父。他看不惯纣的暴虐荒淫，天天谏言，被纣杀害，成为中国历史上第一个以死谏君的忠臣。《封神演义》中说，纣听信妲己妖言，让比干剜挖了自己的心。

箕子呢？

箕子的眼光和微子、比干一样，准确、深刻，而且见微知著。看到纣吃饭用象牙筷子，他感叹说："彼为象箸，必为玉杯。为杯，则必思远方珍怪之物而御之矣，舆马宫室之渐自此始，不可振也。"（《史记·宋微子世家》）纣用象牙筷子，碗要美玉做的才能匹配，整天想着把天下的宝贝都搞进王宫，不理朝政，江河日下。他看不惯纣的暴虐荒淫，装疯，披头散发、鼓琴而歌。纣信以为真，先囚禁他，再贬为奴隶。

商朝灭，周朝（公元前1046—前256年）立。

箕子没法挽救商，又不肯服务周，趁乱，躲进棋子山（今山西晋城市陵川县），琢磨围棋，寻求物理，参悟阴阳。周武王求贤若渴，请他出山。但箕子说过："商其沦丧，我罔为臣仆。"（《尚书·微子》）商如果灭亡了，我不会做新王朝的臣仆。他将夏禹传下的治国方略《洪范》留给周武王，带人一路逃遁，东渡朝鲜。

殷道衰，箕子去之朝鲜，教其民以礼义，田蚕织作。（《汉书·地理志》）

周武王知道箕子的下落后，封他为朝鲜国君，邀他回乡探望。箕子在52岁这一年，从朝鲜回国，到都城镐京（今陕西西安市长安区）朝见天子周武王。据《史记·宋微子世家》载：

其后箕子朝周，过故殷虚，感宫室毁坏，生禾黍，箕子伤之，欲哭则不可，欲泣为其近妇人，乃作麦秀之诗以歌咏之。

箕子途径殷商的都城朝歌（今河南鹤壁市淇县），看到繁华不再，残垣断壁，麦禾青青，想哭，又觉得不能像妇人那样。于是以诗当哭，作《麦秀》：

> 麦秀渐渐兮，禾黍油油。彼狡僮兮，不与我好兮！（《史记·宋微子世家》）

"狡僮"指的是纣。表面上是"那个调皮的孩子啊，不愿意和我友好"，实际上是"侄儿啊，你当初听我的，我朝怎么会倾覆"。

《麦秀》是中国现存最早的文人诗。寥寥十几个字，写景抒情，景越美、情越悲，用委婉的表述、沉郁的音律，唱一个朝代的挽歌。

历史有着惊人的相似之处。

周是中国历史上第三个朝代，也是中国奴隶社会最后一个王朝，分为西周（公元前1046—前771年）和东周（公元前770—前256年），享国790年。

周或者西周，由周武王创建，定都镐京。

公元前782年，周幽王继位。他和桀、纣一样，荒淫无道，为讨好褒姒，不惜"烽火戏诸侯"。公元前771年，"幽灭于戏"（《国语·鲁语》）。周幽王被杀于戏（今陕西临潼），成了西周最后一个君主。镐京陷落，西周灭亡。

公元前770年，周平王东迁，定都洛邑（今河南洛阳），史称东周。

"周大夫行役，至于宗周，过故宗庙宫室，尽为禾黍。闵周室之颠覆，彷徨不忍去，而作是诗也。"（《毛诗注疏》）一天，东周的一位大夫来到镐京。这位曾经的西周重臣，重游昔日京城，但见废墟之上，黍子饱满、稷子苗壮，不禁悲从中来，作《黍离》：

彼黍离离，彼稷之苗。行迈靡靡，中心摇摇。知我者谓我心忧，不知我者谓我何求。悠悠苍天，此何人哉！

彼黍离离，彼稷之穗。行迈靡靡，中心如醉。知我者谓我心忧，不知我者谓我何求。悠悠苍天，此何人哉！

> 彼黍离离，彼稷之实。行迈靡靡，中心如噎。知我者谓我心忧，不知我者谓我何求。悠悠苍天，此何人哉！

一行行黍子啊，穗儿低垂；一棵棵稷子啊，苗儿青葱。行走在昔日王宫啊，脚步迟缓；故国不堪回首啊，内心沉重。能够理解我的人啊，知道忧愁愤懑积压心中；不能理解我的人啊，以为有什么不可告人的隐衷。苍天在上啊，是谁让我有丧家、丧国之痛！

⋯⋯⋯⋯⋯

全诗 3 章，24 句，中间只换 6 个字，却一唱三叹、回环往复、层层递进。积郁心中的悲伤、不能明言的哀怨，含而不露又恣肆汪洋。"开口着一彼字，见他凄凉满目。结尾着一此字，见他怨恨满怀。"（清·陈继揆《读风臆补》）

丧国之悲，必定带来天下苍生丧家之苦。这种悲苦，天崩地裂，但在新生的朝代，不能呼天抢地，甚至不能掩面而泣。情郁于中，必然要发乎其外，于是有《麦秀》和《黍离》。

"麦秀黍离""黍离麦秀"，异曲同工、一曲两唱，成为朝代逝去的悲歌，让往事并不遥远，历历在目，并且警醒后世，声若洪钟。

这或许就是孔子整理修撰《诗经》，将《黍离》放在《王风》之首的原因。

月出皎兮，佼人僚兮。

4

原始的生命歌唱

有朋友问我，我国最早写月亮的诗是哪一首。我说是《诗经》中的《月出》。朋友问我依据呢，我说，依据是《月出》出自《诗经》。

月出皎兮，佼人僚兮。舒窈纠兮，劳心悄兮。

月出皓兮，佼人懰兮。舒忧受兮，劳心慅兮。

月出照兮，佼人燎兮。舒夭绍兮，劳心惨兮。

这就是《月出》，出自陈国（公元前 1046—前 478 年，今河南东部与安徽一部分），属于十五国风的《陈风》。

一轮明月冉冉升起来，一个姑娘款款走出来。月亮美，姑娘更美，让我好心喜、好心乱、好心焦。

《陈风·月出》句式整齐，词章华彩，音韵绵长，景人合一，情景交融，美不胜收。不可否认，其中少不了搜集者、编辑者的整理和加工，但最核心、最关键的，还是这首诗本身的魅力。一堆烂铁，即使浓墨重彩也难掩锈蚀，而一块真金，稍作擦拭，立即熠熠生辉。

《诗经》是我国第一部诗歌总集，收录自西周初年至春秋中叶大约 500 年间的 305 首诗。我以为，《诗经》里的诗，无论写到什么，都可以视作"最早"。即使在《诗经》中排序有先后，却未必是成诗的早晚。因为《诗经》的编排，并不是按时间顺序。

比如，《诗经》中"黍"：

彼黍离离，彼稷之苗。行迈靡靡，中心摇摇。(《王风·黍离》)

芃芃黍苗，阴雨膏之。悠悠南行，召伯劳之。(《小雅·黍苗》

虽然《风》在前、《雅》在后，但《黍离》与《黍苗》在时间上孰先孰后，很难说。

年代毕竟久远，粼粼波光难以追溯，但烟波浩渺，却可以引来无限想象。

想一想吧，三四千年前甚至更久，在以黄河流域为中心、南到长江北岸的广袤地区；在陕西、甘肃、山西、山东、河北、河南、安徽、湖北等地域；在陌上、河之干、河之洲、水一方等地方；在关关雎鸠、雨雪霏霏、桃之夭夭、七月流火等时候……虽然交通阻塞、音讯隔绝，但诗乘着各种方言，相传如马，和唱如风，如同遍地禾稼、满天星斗。

这是何等的崇高与辉煌！

《诗经》是总集，也是选集。既然选，可能入选，也可能落选。在今天看来，先秦的诗，无论写到什么，都可以称之为第一。只是我们很少听说，在《诗经》之外，先秦的诗还有哪些。

有，而且很多。

相传，早生孔子 300 年的尹吉甫（公元前 852—前 775 年），搜集并留存了大量的诗篇。它们是《诗经》的前身。

同样相传，孔子（公元前 551—前 479 年）面对的是 3 000 多首诗。编订《诗经》，是孔子的巨大贡献。如果能多收录一些就更好了，但这怪不得孔子。整理、选择、排序、编订，事业伟大，但工程浩大。孔子劳心耗神，已经竭尽全力。

虽相传，却可信。处处歌谣，如星罗棋布，总要有人归拢。

尹吉甫是黄帝后裔、周朝太师、尹国国君，有条件和能力广为搜集。而孔子编订《诗经》，不可能只是照抄 305 篇，一定是"海选"，因此必有遗珠。

比如中国现存最早的文人诗《麦秀》，"麦秀渐渐兮，禾黍油油。彼狡僮兮，不与我好兮"，没有入选《诗经》。究其原因，并不复杂。《麦秀》与《黍离》意思相近，艺术上却稍逊《黍离》。但《麦秀》并没有湮没，司马迁将其记入《史记·宋微子世家》。

被《诗经》收录的都是诗。那么，先秦时期，诗之外有文吗？

当然有。

断竹续竹；飞土逐宍。（《吴越春秋·勾践阴谋外传》）

这是一篇题为《弹歌》的短文，勾践询问射箭高手陈音射箭之道，陈音于应对中引古歌曰："断竹续竹；飞土逐宍。"意思是说，"砍伐竹子做成弓箭，射出土块击中猎物"。

《弹歌》一共 8 个字，其中 4 个动词、4 个名词，每个动词精准对应一个名词。短促、简单、跳跃、凝重，跨度大、过程

弦歌 ● ● ●

长、内容广、节奏快，场面壮阔、气势恢弘，再现了先秦艰难、忙碌的生产与生活图景。

先民对音韵虽然还没有系统认知，但歌谣从心底而出、凭音感而发，节奏、韵律与生俱来、浑然天成。

从句式和内容看，《弹歌》应该起于原始社会。这可能是已知的中国最早的歌谣。

《弹歌》没有被收录进《诗经》中。但它被选入《吴越春秋·勾践阴谋外传》。陈音解释射箭之道，正好听说过《弹歌》，引经据典。于是，《弹歌》假借他人之口得以流传。

同时期还有一篇《伊耆氏蜡辞》：

土反其宅，

水归其壑，

昆虫毋作，

草木归其泽。

《礼记·郊特牲》记载的《伊耆氏蜡辞》，相传为伊耆氏（即神农氏）所作。所谓"蜡"，实为"腊"，指"腊祭"——古时在十二月的祭祀活动。

进入新石器时代，原始农业萌芽，祝祷风调雨顺、谷黍丰收的祭祀活动，逐步应时而生。每年十二月，部落首领带领大家祭祀百神，感谢神灵对过去一年的福佑，并祈福来年。

泥土不要流失啊，在原处。

河水不要泛滥啊，归沟壑。

害虫可怕啊，不繁殖。

野草难除啊，回沼泽。

四句诗，涉及"土""水""虫""草"。这四个方面，与现代农业生产的好坏，依然紧密相关，更何况是生产力低下的原始农业？自然灾害随时来袭，部落先民根本无力抵御，生灵屡遭涂炭。他们只得向冥冥之中的神灵，虔诚地献上庄严的"蜡辞"。

这或许是最早的农事祭歌？

《七月》，第一首反映农夫艰辛劳动的诗？

《采薇》，第一首反映士兵征战生活的诗？

《关雎》，第一首反映青年爱情生活的诗？

…………

我以为是。因为我们找不到理由说不是。

其实，阅读先秦诗文，考究其是不是第一，倒在其次。最重要的是，我们听到了先民最原始、最本质的声音。

这些最早的诗或者歌，与古老的音乐、舞蹈和岩画，成为华夏文明最初的辉煌，喷薄而出，光照古今，并且直抵更为遥远的未来。

七月流火，九月授衣。

5

把日子过成岁月

我问自己，如果只能喜欢一部作品，那会是什么呢？毫无疑问，是《诗经》。

和大部分人一样，我喜欢《诗经》，是从喜欢名句开始的。

关关雎鸠，在河之洲。(《周南·关雎》)

蒹葭苍苍，白露为霜。(《秦风·蒹葭》)

呦呦鹿鸣，食野之苹。(《小雅·鹿鸣》)

桃之夭夭，灼灼其华。(《周南·桃夭》)

知我者谓我心忧，不知我者谓我何求。(《王风·黍离》)

投我以木瓜，报之以琼琚。(《卫风·木瓜》)

我喜欢的，当然还有《豳风·七月》。

相比较而言，《豳风·七月》并不为大家所熟知。但提到它的第一句"七月流火"，知道的人一定不在少数。虽然很多人，包括我，把"七月流火"理解错了。

不是《诗经》专门研究者，如果只停留在名句上，未尝不可，但总之是很大的缺憾。"一枝红杏"固然是春，"不到园林，怎知春色如许"？由名句而名篇、由名篇而全书，是不错的途径。名句牵手，亦步亦趋。云蒸霞蔚，仪态万方。

一句一句，一篇一篇，爱不释手。

我喜欢《豳风·七月》，有一个过程。篇幅太长、月份颠倒、场面杂陈、字词陌生……如果不喜欢，可以有一万个理由。我甚至懒得去查"豳"的读音，粗暴地念"幽"；至于"流火"，想当然是七月酷暑炎热，天上像流动着的火。

有一天，我忽然想，孔子当年编选《诗经》，至少百里挑一，为什么要选一篇《诗经》中最长的《豳风·七月》？

七月流火，九月授衣。一之日觱发，二之日栗烈。无衣无褐，何以卒岁？三之日于耜，四之日举趾。同我妇子，馌彼南亩，田畯至喜。

这是《豳风·七月》的第一小节。

"豳"到底不读"幽"，和"宾"同音，是上古时期的地名。

"流火"，竟然是大火星渐渐西沉。

43

"七月""九月"是夏历,但"一之日""二之日"不是一日、二日,是"周历"的十一月、十二月。类推,"三之日""四之日",则是周历的正月和二月。

这一小节的意思是:七月大火星西落,九月准备冬衣。十一月北风呼啸,十二月寒气侵袭。没有衣服,怎么熬过严寒的年底?正月修锄,二月耕种。我带着妻儿一起下地,干粮放在朝阳的地方。田官来了,看到我们一家都在劳动,非常欣喜。

第一小节还看不出什么名堂。但读第二小节,有点意思了。

七月流火,九月授衣。春日载阳,有鸣仓庚。女执懿筐,遵彼微行,爰求柔桑。春日迟迟,采蘩祁祁。女心伤悲,殆及公子同归。

春光明媚,黄莺歌唱。一个姑娘提着深深的篮子,走在桑间小路上。她采摘鲜嫩的桑叶和茂盛的白蒿,心中悲伤,害怕要跟着公子去他乡。

三四千年前,在今天的陕西省彬县、旬邑县一带,生活着

44

一个农业部落。《豳风·七月》，看似写"七月"，其实是约定俗成，取"七月流火"第一个词组为题。它记叙的是部落居民一年的劳动和生活，具体包括：缝衣、春耕、采桑、养蚕、纺织、狩猎、酿酒、煮豆、打枣、收粮、储物、割草、砍柴、修屋、熏鼠、凿冰、祭祀、宴乐等。

这时候的豳国，阶级已经形成，主仆俨然分明，但还在奴隶社会初期。字里行间虽然透露出劳作的艰辛，但先民们明白，不劳作，哪里能吃饭穿衣？他们忙忙碌碌，各司其职，按部就班。

有一次，我突发奇想，把《豳风·七月》里"颠倒"的月份，按时间顺序做了调整：

三之日于耜。三之日（正月）纳于凌阴。

四之日举趾。四之日（二月）其蚤。

蚕月（三月）条桑。

四月秀葽。

五月鸣蜩。五月斯螽动股。

六月莎鸡振羽。六月食郁及薁。

七月流火。七月鸣鵙。七月在野。七月亨葵及菽。七月食瓜。

八月萑苇。八月载绩。八月其获。八月在宇。八月剥枣。八月断壶。

九月授衣。九月在户。九月叔苴。九月筑场圃。九月肃霜。

十月陨萚。十月蟋蟀入我床下。十月获稻。十月纳禾稼。十月涤场。

一之日（十一月）觱发。一之日于貉。

二之日（十二月）栗烈。二之日其同。二之日凿冰冲冲。

豳国这一年啊！

那么多的事，那么多的人。先民们吃苦耐劳，按时而作，井井有条。他们摆开了我们这个民族的基本格局，春耕、夏耘、秋收、冬藏。寻常阡陌，烟火人家，随遇而安，把酒桑麻。

我无数次进入《豳风·七月》。我惊奇地发现，艰辛并没有让先民们失去生命的优雅、精神的敏锐。以土地为生的人，对土地上的一切都格外留心，心怀悲悯。他们甚至愿意花上不少的文字和时间，来描述蚱蜢、织娘、蟋蟀：

> 五月斯螽动股，六月莎鸡振羽。七月在野，八月在宇，九月在户，十月蟋蟀入我床下。

五月蚱蜢弹跳，六月织娘振翅。七月蟋蟀在田野，八月来檐下，九月进得门口，十月钻到床底。蚱蜢、织娘、蟋蟀，这些昆虫，虽然生命短暂，但兴致勃勃，生机盎然。这是皇天后土赐给先民的乐趣，也是时令更替对他们的提醒。这其中更有他们与生俱来的认知：再卑微的生命，也有自己的日子和活法。

这一年，满满当当。

> 朋酒斯飨，日杀羔羊。跻彼公堂，称彼兕觥，万寿无疆！

年底是一年的盼头，年底终于到来。美酒敬宾客，佳肴大家尝。聚在主人家，举杯祝无疆。但年底的欢愉，只是岁月的一个节点。酒足饭饱之后，就是来年。春夏秋冬，四季轮回，年复一年。

生活的本质就是周而复始。

对三四千年前，甚至更为久远的时间，在豳国诞生的《豳风·七月》的作者和传唱人，我心生敬意。这些没有留下姓名的艺术家，在劳作、生活的间隙，触景生情，留下了生动的画卷、灿烂的歌诗。

史诗般的书写！

我心生敬意，对《豳风·七月》流传之链上所有的人，从采诗官到孔子。他们的采撷与编选，让我们看到了先民们在古老土地上的劳动与生活、生存与繁衍、辛苦与欢愉、寒冷与温暖。他们把一个个充实的日子，过成了绵长的岁月，川流不息。

使命般的流传！

七月流火，九月授衣。

听，只要开口吟哦，久远的场景就会穿透时光，扑面而来，成为我们熟悉的生活或者憧憬。

《豳风·七月》，教我如何不喜欢？我满心欢喜。

从此男男女女，熙熙攘攘。

6

华夏大地的创世记

我曾经在相当长的一段时间内，计划做一件事：把远古神话，改编成今天的文字。

这样做有两个原因。其一，我非常喜欢远古神话。这些神话语言凝练，想象奇崛，气势如虹。其二，这些神话文字太少。这就留下了太大的想象空间、拓展余地。

面对 2 500 年前甚至更为久远的文字，我跃跃欲试。但是，无论我怎样努力，其结果都不忍卒看。翻译，虽然让意思明了了，文字却如干瘪的纸人；扩写，虽然拉长了篇幅，甚至洋洋万言，内容好似水浸的泥人。无论干瘪还是水浸，都缺少精气神，一触即溃。

而远古神话，是何等挺拔、精神！

比如"精卫填海"：

又北二百里，曰发鸠之山，其上多柘木。有鸟焉，其状如乌，文首、白喙、赤足，名曰精卫，其鸣自詨。是炎帝之少女名曰女娃，女娃游于东海，溺而不返，故为精卫，常衔西山之木石，以堙于东海。漳水出焉，东

流注于河。(《山海经·北山经》)

比如"共工触山":

　　昔者，共工与颛顼争为帝，怒而触不周之山，天柱折，地维绝。天倾西北，故日月星辰移焉；地不满东南，故水潦尘埃归焉。(《淮南子·天文训》)

比如"后羿射日":

　　逮至尧之时，十日并出，焦禾稼，杀草木，而民无所食。猰㺄、凿齿、九婴、大风、封豨、修蛇皆为民害。尧乃使羿诛凿齿于畴华之野，杀九婴于凶水之上，缴大风于青丘之泽，上射十日而下杀猰㺄，断修蛇于洞庭，禽封豨于桑林。万民皆喜，置尧以为天子。(《淮南子·本经训》)

…………

这些多一字不可、少一字不能的文字，硌得你心疼。你就像面对自己嶙峋却矍铄的父亲，敢去增加一星半点儿的皮肉？况且这些皮肉宛如天成。

这些毫无烟火气的文字，纯净得你心慌。你就像面对孩子天真无邪的眼睛，即使有世界上最干净的、哪怕是春天的云裁成的手巾，就敢去擦拭？

每一篇都是宏大叙事的格局，却又都是巧妙切入，让惊天动地凝固于一个基点；每一篇虽然都是寥寥数语，却在背后隐藏着鸿篇巨制的气派，随时喷薄而出。

我一次又一次在远古神话的字里行间游走。这些神话，并不是奇绝的单篇，而是字字关照、句句相应、篇篇结盟、一脉相承：

世界本是混沌，天地不分。盘古在其中昏睡一万八千年，然后苏醒，开天辟地，直至气绝，身体化为日月星辰、山川草木。（"盘古开天地"）

天地既成，荒无人烟，于是女娲造人。从此男男女女，熙熙攘攘。（"女娲造人"）

四根擎天柱倾塌，九州大地崩裂，天不能覆盖大地，地无法承载万物，大火蔓延，洪水泛滥，野兽作恶多端。于是，女娲补天，天地祥和。（"女娲补天"）

天上十个太阳炙烤，大地干旱严重，民不聊生。后羿连射九日，只留下一个太阳，东升西落。（"后羿射日"）

……

有人说，中华远古神话，不像希腊神话有完整的体系。我不这样认为。中华远古神话，因为时间久远，遗存极少、丢失更多。但是，仅仅是保留下来的这些单篇故事，连成一体，足以构成一部华夏大地的创世记。

还有人说，神话思维与原始先民的心智能力紧密相连。意思是说，神话是人类心智发展处于低端时的产物。我不这样以为。生产力水平低下，不意味着心智能力低下——倘若低下，又怎会产生如此简约、灿烂的想象，如此简单、精当的文字，如此简明、深邃的思想？

在人类智能水平突飞猛进的今天，我们的想象力、表达力、感知力，能不能超越先民的高度？

这些神话故事，诞生于远古时期。那是怎样的年代？交通阻塞，通讯全无，更谈不上一丝一毫的科学技术。那是荒蛮之地、混沌之时，人们囿于洞穴、足不出户——即使出户也困难重重。

在《山海经》中，有不少表示距离的文字：

又东三百里，曰堂庭之山，多棪木，多白猿，多水玉，多黄金。（《山海经·南山经》）

又东三百八十里，曰猿翼之山，其中多怪兽，水多怪鱼，多白玉，多蝮虫，多怪蛇，多怪木，不可以上。（《山

海经·南山经》）

　　真的是"三百里""三百八十里"，而且如此精确？决然不是。这在今天是举步可达、极目可至的"近"，在当时却是穷其毕生也可能到达不了的"远"。这恰恰"暴露"了原始先民的局限性——这如孩童般可爱的局限。

　　面对突变、多变、灾变、巨变的自然，原始先民仰啸苍天、俯扣大地，惊慌失措、抱头鼠窜、狼奔豕突。无数原始先民倒毙，死不瞑目——那一双双惊恐、疑惑、不甘的眼睛。

　　于是，原始先民因恐惧而祈祷，因祈祷而敬畏。

　　当无法掌握自己命运的时候，只能想到有掌控自己命运的神秘力量存在。困苦的环境，反而激发了他们的想象。

　　原始先民面对未知世界，找到了非常好的切入点：把自己与自然结合。在他们眼里，世界充满奇异与神秘。他们理所当然地认为，自然万物和自己一样，拥有灵魂、意志和情感。于是，他们给自身注入巨大的力量，与诡秘莫测的自然之力抗争。最终，几乎都以悲壮的失败而告终。身体与自然万物融为一体，化为不朽的日月，或者永恒的山河。

夸父与日逐走，入日。渴欲得饮，饮于河渭，河渭不足，北饮大泽。未至，道渴而死。弃其杖，化为邓林。（《山海经·海外北经》）

可能吗？怎么可能！

不可能吗？怎么不可能！

我明明知道"事"不是真的，却又宁愿确信其真。

那些石破天惊的故事，那些感人至深的故事，那些九死一生的故事。

我明明知道"人"不可能如此，却又宁愿确信一定如此。

那些至死不渝的人，那些胆大妄为的人，那些顶天立地的人。

伟大的先民，创造了伟大的故事；伟大的故事里，挺身站起了伟大的先民。

也许，正因"局限"，才造就了神话！

　　于是，我似乎明白了远古神话"难改"的原因。那是华夏先祖精神的圣殿，读之、品之、赏之，需小心翼翼、肃然起敬。在似乎没有"局限"的今天，随意戏耍、把玩，哪怕是一点儿的嘈杂之声，都会显得俗不可耐、贻笑大方。

　　而这，正是我们的局限。

弃其杖，化为邓林。

7

历史的一种真实

. . . .

世界上任何一个民族，如果没有足够久远的历史，不可能拥有神话传说。因此，仅仅把神话传说当作文学作品鉴赏，远远不够，它还是篇幅精微但内容恢宏的历史——我一向以为，神话传说不是真实的历史，却是一个民族历史的真实的部分。

神话传说的诞生，与先祖所处时代、认知水平密切相关。我们如今无法亲历他们的生活场景，但其环境之恶劣，应该是无论怎么想象、夸张都不为过的。

往古之时，四极废，九州裂，天不兼覆，地不周载，火爁焱而不灭，水浩洋而不息，猛兽食颛民，鸷鸟攫老弱。（《淮南子·览冥训》）

那个有女娲的世界：大火一直烧着，洪水一直泛滥着，猛兽横行，天地是破碎的。这个时候，我们的先祖正值"童年"——所谓"童年"，有两个意思，一是人类文明之旅刚刚启程，二是他们常常未成年就夭折了。他们孩童般好奇的眼睛，终日面对洪水滔滔、惊雷滚滚、大火熊熊，面对虎豹熊罴、魑魅魍魉，不会无动于衷。他们在惊恐之余，苦苦探究，他们试图去解释这一切——这是他们有思想的苦恼，也是他们的幸运。

终于有一天，先祖豁然开朗，找到答案之日，便是神话传说诞生之时，他们把那些可怕的经历，用算不上美丽但足够奇炫的故事记录下来，口口相传、代代相授。又终于有一天，文字出现。寥寥数语，满载遥远时代的信息，流传至今，那是一个民族的密码与基因。

我惊叹我们这个民族的神话传说，无论是自然神话，还是英雄神话，那些独一无二且石破天惊的构思和幻想，是先祖无双的创造。随之一同创造的，还有燧木、石斧、陶罐、围垦、疏浚、驯养。两种创造，并驾齐驱，都是不容置疑的真实。先祖在远古的努力，化作江河般不竭的乳汁，滋养后辈。

盘古开天地、女娲造人、女娲补天、精卫填海、夸父逐日、后羿射日、大禹治水……这些丰碑一样的神话传说，都关照着历史上曾经发生过的大事件。"女娲补天"，背景也许是地壳未稳定时的人间炼狱；夸父追日，可能应对的是地球"寒冷期"；后羿射日，或许中原遭遇罕见的大旱。这些是真正的"宏大叙事""精短表达"。

我们看"盘古开天地"：

（盘古）将身一伸，天即渐高，地便坠下。而天地更有相连者，左手执凿，右手持斧，或用斧劈，或以凿开。自是神力。久而天地乃分，二气升降，清者上为天，浊者下为地。自此而混茫开矣。（《开辟衍绎通俗志传·盘古氏开天辟地》）

盘古开天辟地的版本很多，但有一点都是相同的，即盘古的真身都是人。先祖面对变幻莫测的自然和严酷的环境，自己也知道若是以平常力量抗争，无异于以卵击石。因此，先祖需要尽可能把"人"的力量放到最大，这就得借助"神力"。于是，先祖想象出了"人神合一"的形象——盘古。

这样的想象看上去荒诞不经，但仔细研究，不难发现其中解释了许多当时人们的疑问：天地如何分开、上下如何界限、昼夜如何划分、雷电如何产生、山河草木如何形成……以当时的认知能力和水平，能这样追溯万物的起源，足见先祖想象的大胆、智慧的绝顶。

我们再看"女娲补天"：

> 女娲炼五色石以补苍天，断鳌足以立四极，杀黑龙以济冀州，积芦灰以止淫水。苍天补，四极正，淫水涸，冀州平，狡虫死，颛民生。背方州，抱圆天。（《淮南子·览冥训》）

天地间一片狼藉，女娲出来收拾局面。她"炼五色石以补苍天，断鳌足以立四极，杀黑龙以济冀州，积芦灰以止淫水"。于是，"苍天补，四极正，淫水涸，冀州平，狡虫死，颛民生"。在恶劣的自然环境中，人面蛇身、具有超能力的女娲应运而生。

盘古的"开"与女娲的"补"，反应了先祖在蛮荒时代，改变生存环境的渴望与努力。这其中，不乏对自然的敬畏、对自身清醒的认识——人力有限，必须有神助。

神话传说中，英雄并不都是成功者。比如"精卫填海"，精卫"常衔西山之木石"，填满东海是遥遥无期的；比如"夸父逐日"，"未至，道渴而死"，还没有达成目标，壮志未酬而身先死。悲壮的神话传说，弥漫着浓郁的悲剧色彩。具有非凡意义的是，盘古"垂死化身"，"血液为江河，筋脉为地里，肌肉为田土，发髭为星辰，皮毛为草木"（《广博物志》卷九引《五运历年纪》），夸父"弃其杖，化为邓林"。盘古和夸父，选择成为自然的一部分。

每一个民族的神话传说，都是灾难记录。一部神话传说史，甚至就是一个民族的灾难史。

不同的灾难，对人类文明的意义是不一样的。灾难以非常极端的方式，反映人与自然的关系，反映出不同时期、不同情境中人类的认知水平。虽然他们来不及明白所有的答案，但他们知道，生命虽短，日子还长。支撑他们的，即是骨子里的不屈，有冥冥之中的神助，还有对未来的无尽热望。

每一个民族都有其卓尔独立的精神。

这种精神在民族形成的最初，就确立了一个坚硬的核，如同与生俱来，日月经天，愈久弥坚，并且深刻地深融入民族的血脉。

这样一种真实的民族历史，是子孙的无上荣耀。

故事像稻子、麦子，或者像芦苇、艾草。

　　我很小的时候，就听人讲民间故事"孟姜女哭长城"。我听过很多次，很多人都是故事的讲述者。

　　"女娲补天""牛郎织女""劈山救母"……故事像稻子、麦子，或者像芦苇、艾草，世世代代在乡村生长，一望无际。它们不仅让岁月有声有色，也是我们文学、历史的最好启蒙。

　　范喜良和孟姜女是一对夫妻。新婚不久，范喜良就被抓走，去修长城了。天渐渐冷了，大雁南飞，孟姜女的心却去了北方。她带着刚做好的冬衣，千里迢迢，一路北上，去寻找范喜良。到了长城脚下，她才得知丈夫已经累死，于是伤心恸哭。

　　"轰！"孟姜女把长城哭塌了。

　　"孟姜女哭长城"，故事可以说很长，但故事的核非常简单。

　　之所以这样，我以为，首先是流传的需要。在书写困难、交通阻塞的时代，一部作品要最大范围传播，只能靠口口相传。这就需要故事主线单一，内容明了。

　　其次是再创作的需要。故事在跨地域、跨时代的口头传承中，肯定会融入讲述者的兴趣、地域风貌与时代的特征。故事只给一个"筋骨"，为讲述者不断填充丰富的"皮肉"留下了巨大的空间。

事实也是如此。

简单的"孟姜女哭长城"，在 2 000 年多年的多朝代、多民族、多地域流传中，演变出许多版本。仅是孟姜女的诞生、家庭等，就有多种说法，甚至"男主角"范喜良，也有多个名字。

我小时候听到的故事中，孟姜女的丈夫不姓"范"，而是姓"万"。朝廷下令，要"一万人"去修长城，但青壮年都被抓完了，官兵就抓了一个姓"万"的，冒充"万人"，糊弄秦始皇。

秦始皇居然就被糊弄了。

每次听到这里，我都忍不住笑。大家也笑。说实话，我们没有仇恨秦始皇，而是觉得，一个至高无上的皇帝，竟被一个字骗了，还有什么比这更让人开心的吗？

"孟姜女哭长城"的版本尽管有很多，但就内容而言，大致可以分为两类。

第一类，孟姜女哭倒长城，故事结束。

第二类，孟姜女哭倒长城后，惊动了秦始皇。秦始皇本来恼羞成怒，但看到她很漂亮，就想霸占她。她先戏弄了秦始皇，再跳海自尽。

我喜欢第二类。长城"哭倒"了，故事没完。乡村的时间很多，绵延的故事，会让时间不再空空荡荡。而且，秦始皇被戏弄了。

不管是哪一类，故事的背景都绕不开秦朝。

我一直以为"孟姜女哭长城"，与秦始皇、长城有关。

上学后，老师告诉我们，长城是"中华民族的脊梁"，秦始皇一统中国，开疆拓土、实行郡县制、车同轨书同文、统一度量衡、修筑灵渠，是"千古一帝"。

我立刻吓了一跳：长城不是被"哭倒"了吗？我立刻又吓了一跳：秦始皇不是总被骗、被戏弄吗？

我想起乡村的故事。我以为，故事可能讲错了，或者，孟姜女是一个坏人。

但是，老师也给我们讲"孟姜女哭长城"，一切都没有变，秦始皇依然被骗、被戏弄。

研究孟姜女故事的起源后，我才知道，这个故事最早与秦始皇、长城没有丝毫关系。

孟姜女的故事，并不是萌发于秦代，而是在早于秦代的春秋时期。

《左传》中有一个"杞梁妻"的故事："杞梁妻"在丈夫"杞梁"战死后，悲痛欲绝，在齐国的都城大哭。

《左传》的作者左丘明，比秦始皇早生 240 多年，根本不可能预知秦朝的事情。并且，"杞梁妻"哭的是齐国的都城，并不是长城，都城也没有倒塌。

到了西汉末年。

比秦始皇晚生 180 多年的刘向写《列女传》，重述《左传》中"杞梁妻"的故事，才有了"杞梁妻"大哭，"城为之崩"——城墙塌了。

这里的"城"，依旧是齐国的都城，没有秦始皇，也没有长城。

过了好几百年，直到唐朝。

故事里的"杞梁妻"有了名字，叫"孟仲姿"。传说，孟家和姜家相邻，都喜欢种葫芦。有一个葫芦结在两家之间的篱笆上，葫芦里有一个小姑娘。分不清是孟家还是姜家的，所以她又叫"孟姜女"。

"城"在这个时候突然变成了长城，而"杞梁"也不再是战死，而是修筑长城累死。

"孟姜女哭长城"故事的核，在唐朝基本定型。

一个与长城和秦始皇无关的故事，流传千年之后，硬是安到了长城和秦始皇身上。

唐朝从隋朝来。

隋朝只存在了 38 年，但它很了不起，上承南北朝、下启唐朝，结束近 300 年的分裂局面，再一次实现"大一统"。

隋朝的皇帝，有许多影响深远的重大举措。

其中之一，便是修建贯通南北的大运河。

隋炀帝凿通大运河，民间传说是为了方便他乘船下扬州赏琼花、看美女。

一国之君，倾一国之力——只是为了寻欢作乐，这理由站不住脚。

但这从侧面说明了大运河的作用：相较于陆路，水路交通干净、快捷，成本低；一河穿南北，不仅带来物资的大交流，也带来了思想的大碰撞、文化的大交融。

中国历史上有两个伟大的建筑，一个是长城，静态的，横跨东西；一个是大运河，动态的，穿越南北。

如果秦始皇与隋炀帝，一个不连接长城，一个不贯通运河，秦与隋恐怕不至于成为短命的王朝。

但没有了长城与大运河的中国，是绝不可想象的，何况历史来不得"如果"。

隋炀帝、大运河，秦始皇、长城，隋朝因凿通运河到二世而终，秦朝因连贯长城到二世而亡……两朝虽相隔数百年，但不妨互为关照。

孟姜女的故事在唐朝突变，有众多的原因，但我以为与隋炀帝、大运河不无关系。

唐朝取代隋朝，一方面恶谥杨广为"炀"，一方面对照遥远的秦始皇，检讨前朝，以史为镜。

新编孟姜女的故事，借助民间传说，在最大范围内"借古讽今"、暗指隋炀帝，也宣扬了改朝换代的必然性与合法性。

总结前朝的教训，以期千秋万代，是每一个新生王朝的头等大事。

既然是总结，必须深刻，难免言重。

秦朝覆灭，汉代也从多个方面分析其过失，以作为建立制度、巩固统治的借鉴。秦始皇去世后 10 年才出生的贾谊，就写过一篇有名的政论文《过秦论》，直陈秦朝之过失、灭亡之必然。

长城与大运河在中国的发展史上的作用，无论怎么称颂都不过分。但长城相连、运河贯通，毕竟给当时的百姓带来苦痛、给社会带来动荡。

所幸的是，伟大的民族从来不惧怕苦难。先辈承受的苦难越重，留下的辉煌越多。

大学的时候，一个电闪雷鸣的夜晚，我在图书馆读《史记》，《秦始皇本纪》闯入眼帘。

我特别高兴，汉代有贾谊的《过秦论》，也有司马迁的《秦始皇本纪》——是伟大的汉朝对秦始皇的致敬。

我怦然心动，赶紧翻阅历史，高兴地看到"唐承隋制"——唐朝继承沿袭了隋朝的制度，这是伟大的唐朝对隋朝的致敬。

时光飞逝，多少豪杰，多少朝代。

正史是历史，野史是历史，民间传说也是历史的一种——民间传说如同蒲公英种子，我们一方面要欣赏它的风中飞扬，另一方面，又要溯寻它出发的地方。

卿可谓鬼之董狐。

9

鬼怪也有故事

　　我在小学临近毕业前，无意中读到"干将莫邪"的故事。没读明白。文章不长，疑惑不少。剑怎么会有"雌雄"？"亡去"就是死了吧，怎么"入山，行歌"？尤其不明白，"即自刎"，还能"两手捧头及剑奉之"，等等。

　　再次读"干将莫邪"，是在高中。

　　一天，我读到鲁迅先生的《故事新编·铸剑》，觉得似曾相识，很快想到"干将莫邪"。重读，文字上已经没有障碍，疑惑也不解自明。但当我读到"儿闻之，亡去，入山，行歌"，眼睛一下子湿润了。

　　赤日夜想着要找楚王报杀父之仇，但楚王梦见了他——"眉间广尺"，不仅高度戒备，而且千金悬赏捉拿。要命的长相，不仅断送他报仇的前程，连正常的生活也没有了，不得不逃进山里。我已经知道"亡"是逃亡，不是死——干脆死了也就算了。深山空无一人，赤悲从中来，长歌当哭。一哭，复仇有了转机。

　　客有逢者。谓："子年少，何哭之甚悲耶？"曰："吾干将莫邪子也。楚王杀吾父，吾欲报之。"客曰："闻王购

子头千金，将子头与剑来，为子报之。"儿曰："幸甚。"（《搜神记》）

小小年纪，怎么会哭得这么伤心啊？

我是干将、莫邪的儿子，楚王杀了我的父亲，我要报仇！

听说楚王出千金买你的人头，你把头和剑给我，我帮你杀了他。

太好啦！

话音刚落，赤拔剑自刎，头应声落地。他双手捧着头和剑，"立僵"。侠客知道他在等什么，说："不负子也。"赤立刻像尸体一样倒下了。

文字非常简练，像溪水冲刷过的卵石。赤以命相托，客一诺千金，惊心动魄。明明知道是演绎，却强烈地感觉到，字里行间泣血的真实。

几乎在同时，老师讲了一个鬼故事。

一个少年，连夜赶路去宛市，很不巧，与鬼同行。他不慌不忙，谎称也是鬼。鬼不仅相信了，还把怕人吐唾沫的致命弱点告诉了他。他把鬼背到宛市，鬼吓得变成一只羊。他吐唾沫制服了鬼，还卖到 1 500 文钱。

居然有这种事！很快，我查到了《宋定伯卖鬼》：

> 行欲至宛市，定伯便担鬼，著肩上，急执之。鬼大呼，声咋咋然，索下，不复听之。径至宛市中下着地，化为一羊，便卖之，恐其变化，唾之，得钱千五百，乃去。(《搜神记》)

"干将莫邪""宋定伯卖鬼"，出自《搜神记》。上了大学，我找到这部志怪小说集，继而读到"董永卖身""李寄斩蛇"等一系列故事。篇幅不长，但想象奇特，情节曲折，形象生动。故事的主角有鬼，也有妖怪和神仙，很好看，而且看了不害怕，不像听了、看了有些鬼故事，晚上睡觉不敢关灯。

我想当然地以为，《搜神记》的作者干宝，是一位出色的小说家。大学毕业后，我开设小说讲座，梳理中国小说发展史，才知道，作为小说鼻祖的干宝，首先是一位伟大的史学家。

干宝（？—336 年），字令升，河南新蔡人。"宝少勤学，博览书记，以才器召为著作郎。"（《晋书·干宝传》）建武元年（317 年），王导启奏晋武帝司马睿，国家应该设置史官，请佐著作郎干宝等担当此任。司马睿采纳王导的建议，命干宝领修国史。宣和元年（323 年），王导又推荐干宝任司徒右长史，升任散骑常侍，编著《晋纪》。

王导是东晋政权的奠基人之一，三朝重臣，官至中书监（相当于宰相）；他还是著名书法家，是王羲之的堂伯。如果没有大的真才实学，王导不会看中干宝，更不会屡屡推荐。

干宝不负厚望，著《晋纪》，记载从晋宣帝（司马懿）至晋愍帝（司马邺）前后数几十年历史，共 20 卷。进献朝廷，一片叫好："其书简略，直而能婉，咸称良史。"（《晋书·干宝传》）

干宝完成《搜神记》后，请刘惔提意见。刘惔夸赞说："卿可谓鬼之董狐。"（《晋书·干宝传》）意思是，你真是记载鬼神的好史官。

刘惔是东晋著名清谈家，被视为名士风流之宗，也曾得到过王导的赏识。董狐是春秋时期晋国著名史官，不畏强暴、秉笔直书，开史学直笔传统先河。孔子赞扬他"古之良史也，书法不隐"（《左传·宣公二年》）。成语"董狐直笔"的典故就出于他。能被刘惔比作董狐，足见干宝的才学、《搜神记》的成就。

历史重真实，小说偏虚构。一个史学家，当然可以是小说家。但像干宝这样完美结合的，并不多见。他是怎么做到的？

据《晋书·干宝传》记载，干宝父亲的婢女曾经死而再生、哥哥曾经气绝复苏。这两件事，让他深信鬼神的存在。他酷爱阴阳五行占卜，特别注意研究西汉"灾异"学者京房、"大夏侯学"开创者夏侯胜等人的传记。于是，他借着修史之便，"博采异同，混虚实""集古今神祇灵异人物变化"，然后著书立说，"亦足以明神道之不诬也"，说的是鬼神的存在不是虚妄的。

干宝作为良史，真实为根本，却信鬼神，而且列传，不可思议。同时期，他这样的人很多。比如伟大的医学家、化学家兼著名炼丹师葛洪，在专著《肘后方》之外，也著《神仙传》。

人事荒唐，根源在时代荒诞。战乱不断，政权倾轧，民不聊生，生死无常。于是能升天的道教、能轮回的佛教，风行于世，鬼怪因此横行。这就如同饥馑之年，到处都有吃人的传说。

大家信以为真，宁信其真，也希望是真——如此，精神总还有一个寄托，今生也还有一个过往。

所以，鲁迅先生在《中国小说史略·六朝之鬼神志怪书》（上）中说：

> 盖当时以为幽明虽殊途，而人鬼乃皆实有，故其叙述异事，与记载人间常事，自视固无诚妄之别矣。

鲁迅先生的意思是说，当时的人就是这么以为，阴阳两道，人鬼并存，所以说鬼事，与记人事没有什么区别。

把鬼怪传奇当史实，把鬼怪当作有故事的人，成为一种风尚，晋朝尤甚，干宝是突出代表。他在《搜神记》序言中自谦，只不过"成其微说而已"。

"微说"，不就是"小说"？

鸾凤伏窜兮，鸱枭翱翔。

因为一个人的死亡，诞生了一个国家极为重要的节日、民俗，并且深远地影响着世界，在人类历史上，除了屈原，没有第二个人。

屈原并不想自杀。"帝高阳之苗裔兮，朕皇考曰伯庸。"（屈原《离骚》）这位生于公元前340年的贵族后代，从小饱读诗书，博闻强识、志向远大。青壮年时期，显出卓越的军事、政治、领袖才华。后来为官，谈吐有节、处事有方，多次充当楚国外交使节，合纵抗秦。屈原是诗人，其实官也当得很大——左徒，相当于副宰相。

> 入则与王图议国事，以出号令；出则接遇宾客，应对诸侯。（《史记·屈原贾生列传》）

屈原计划大显身手。但这是一个颠倒的时代，"鸾凤伏窜兮，鸱枭翱翔"（西汉·贾谊《吊屈原赋》）。美丽的凤凰隐藏起来了，因为丑陋的猫头鹰在飞翔。屈原想做凤凰，而且已经是凤凰了，于是，他被流放了。

我们知道屈原被流放，却不是所有人都知道，他被流放了两次。

公元前304年，正直而且正确的屈原，被降为三闾大夫；第二年，被流放汉北（汉江以上，今湖北境内）。这次流放，虽然时间不长，汉北一带也还富庶，但在事业轰轰烈烈的时候，陡然从高位经历断崖式的贬职、流放，非一般人所能承受。屈原承受了，而且写下了《离骚》。

公元前294年，屈原第二次流放。此时，楚国已经岌岌可危：楚怀王客死秦国；秦国攻打韩国，斩首24万，顺手给楚顷襄王下战书。楚顷襄王内外交困，正在用人之际。屈原是可用之人，而且事实证明屈原对秦的策略是对的，但猫头鹰还在飞，凤凰一般的屈原再次被流放。

这一次，屈原被流放到汉江以南，那是荒芜偏僻的地区。他从郢都（今湖北江陵县）出发，顺江而下，过夏首（今湖北沙市东南），由洞庭湖入长江，然后离开夏浦（今湖北汉口），到陵阳（今安徽青阳县），时间长达16年。他本来还要流放下去，但纵身一跃，流放不得不戛然而止。

屈原真的不想自杀。他如果要死，早就死了。但他没死。不要以为他是为写《离骚》《九章》不死，他是因为没死才写了《离骚》《九章》。他有一万个死的理由，活的理由只有一个：报效国家。

屈原还是死了。公元前 278 年，他在汨罗江边且行且歌，披头散发，面色憔悴，形容枯槁。这时候，郢都被破、楚顷襄王逃难的消息传来。他经过慎重考虑，觉得自己可以死了：国都被破，楚顷襄王逃难，他怎么可能再被起用，又到哪里去报国？于是，他抱着石头，纵身一跃。

屈原对死的慎重，还体现在方式的选择上。只要想死，方法很多，他选择了投河。《史记》中说，他跳江之前，和渔夫有一段对话：

人又谁能以身之察察，受物之汶汶者乎？宁赴常流而葬乎江鱼腹中耳，又安能以皓皓之白而蒙世之温蠖乎！
（《史记·屈原贾生列传》）

意思是说，不能让清白的身躯，蒙受外物的污染；宁可投入大江、葬身鱼腹，也不能让自己高洁的品质，蒙受世俗的尘垢。和渔夫交流，未必真有其事，司马迁却是借此，让屈原坦露了心迹。

这一天，农历五月初五。

这一年，屈原63岁。

我曾经写过一首诗，题目叫《读屈原》：

不是跳江之后

屈原才成为屈原的

跳江之前

屈原喜欢提问题

无人能回答

所以问天

老天也不能回答

就把问题写成诗

101

屈原整天都很忙

上下求索

那条路很长

心里很苦

经常叹息、流泪

但不是为自己

屈原很爱干净

但还是嫌脏

纵身一跳

过不下去的日子

是在汨罗江里过的

历史吓了一跳

到今天心都不安

我写到这里，想到了另外两个人：孔子和司马迁。

孔子生于公元前 551 年，大约比屈原年长约 210 岁。他是贵族后代，年少有为，做官有方，官至代理宰相。他在事业的最高峰待了三四个月，就被谗言所伤、小人所害，一落千丈。

这是公元前 497 年，孔子 55 岁。

也就是从这一年开始，高大而苍老的孔子，带着弟子上路了，一走就是 14 年。公元前 484 年，周游列国结束。

这一年，孔子 68 岁。

5 年之后，公元前 479 年，孔子因病去世。这一年，他 73 岁。

孔子也有一万个死的理由。且不说仕途顿挫，且不说以 55 岁高龄开始颠沛流离，单就周游途中，多次被冷落、戏弄、驱逐，甚至被围困、追杀，"累累若丧家之狗"（《史记·孔子世家》），随时可以了断此生。但他不肯死。他 68 岁的时候，结束游说，又经历丧亲子之痛、丧弟子之悲，他仍然不肯死。直到"述而不作"，《论语》既成，他好像很及时地得了一场大病，撒手人寰。

孔子的使命已经完成，不再需要余生。

支撑孔子不死的，只有一个理由：施展政治抱负。

司马迁约生于公元前 145 年，大约比屈原晚生 195 年。他
"年十岁则诵古文，二十而南游江、淮"（《史记·太史公自序》）。
公元前 108 年，他子承父业，做太史令。公元前 99 年，他秉
直为投降匈奴的李陵说了几句公道话，汉武帝震怒，以"欲沮
贰师，为陵游说"（《资治通鉴·汉纪》）定为诬罔罪，按律当斩。

司马迁可以一死。慷慨赴死，保住名节，万世流芳——作
为史官，他清楚；君要臣死，臣不得不死——作为忠臣，他也
清楚。他有一万个死的理由。但是，他不肯死。

假令仆伏法受诛，若九牛亡一毛，与蝼蚁何异？（《汉
书·司马迁传》）

假如就这样死了，就像九头牛少掉一根毛，和蝼蚁一样没
有价值。因此，司马迁宁愿接受宫刑，也要苟且偷生，虽然生
不如死。

支撑司马迁不死的，只有一个理由：完成《史记》。

8 年后，公元前 91 年，失去性别的司马迁，完成 130 篇

的《史记》。

这一年，司马迁大约 54 岁。

是生还是死，在中国传统文化中，是一个天大的问题。"人固有一死，或重于泰山，或轻于鸿毛"（《汉书·司马迁传》），其实人也"固有一生"。司马迁写成《史记》后，死于哪一年，无人知晓。但这已经不重要了。

很多人，虽死犹生，无论生死。

此非人力，天之所建也。

悲
歌
向
天

历史上，写诗词的英雄不少，写诗歌的皇帝也不少，但一生只有一首诗歌，一首诗歌就能传遍天下、感动世代的英雄和皇帝，估计只有项羽（公元前 232—前 202 年）和刘邦（公元前 256—前 195 年）。

力拔山兮气盖世，时不利兮骓不逝。骓不逝兮可奈何，虞兮虞兮奈若何！（《史记·项羽本纪》）

公元前 202 年最寒冷的季节，项羽用 31 岁充血的喉咙，唱起充满血性的《垓下歌》。一个巨大雄浑的英雄，身中十余箭，血流如注，但屹立不倒。在他绵长而不屈的身影里，尸横遍野，追兵如麻。"奈若何"啊，扫过死寂与呐喊的原野，踉跄而去，成为永生的绝唱。另一首歌慷慨而起，嘶哑如铁。每一个字都在天地之间，践踏出沉重的回声：

大风起兮云飞扬，威加海内兮归故乡，安得猛士兮守四方！（《史记·高祖本纪》）

这是刘邦在公元前196年的初冬,用61年未改的浓重乡音,唱刀光剑影里的《大风歌》。

项羽!刘邦!这两个伟大的英雄,在2 200多年前血沃大地,纵横驰骋,金戈铁马。他们从并肩作战,到分道扬镳,直至必须你死我活,历史之履才能踏步向前。

项羽作为英雄,似乎是天生的。"项籍少时,学书不成,去学剑,又不成。项梁怒之。籍曰:'书足以记名姓而已。剑一人敌,不足学,学万人敌。'于是项梁乃教籍兵法,籍大喜,略知其意,又不肯竟学。"(《史记·项羽本纪》)项羽学写字、剑术,一事无成,搞得叔叔项梁非常恼火。项羽认为,写字能记名字就够了,剑术只能单打独斗不值得学,要学就学能匹敌万人的本事。项梁于是教他学兵法,他非常高兴,可刚懂了一点儿皮毛,又不干了。但他不学剑术,杀进敌阵如入无人之境;不学兵法,但"身七十余战","未尝败北"(《史记·项羽本纪》)。

项羽作为悲剧英雄,似乎也是天生的。他率部对抗秦军,力量最强,却被楚怀王猜忌制衡;领兵数万,在河北巨鹿与40万秦国精锐之师死磕,却被刘邦乘虚先破咸阳;分地封王,

111

怀念旧恩，却搞得众叛亲离；楚汉相争，处于上风，却被刘邦偷袭。

一个楚国名将的孙子，一个从小失去父亲、跟着叔父打拼的侄子，永远尚武逞强，却总是在足够强大时，耳朵根子软，心更软。他鸿门宴放走刘邦，又竟然相信鸿沟为界的一纸契约，转身就被刘邦偷袭。从此节节败退，回天无力。

项王军壁垓下，兵少食尽，汉军及诸侯兵围之数重。夜闻汉军四面皆楚歌，项王乃大惊曰："汉皆已得楚乎？是何楚人之多也！"（《史记·项羽本纪》）

汉军高唱楚歌，楚军士气低落，就连项羽也恍惚、惊恐：难道汉军把楚人都征服了？一个盖世英雄，麾下曾经千军万马，只剩一匹宝马和一段挚爱。无奈、忧愤、挣扎、慷慨、绝望……百感交集，瞬时喷涌："力拔山兮气盖世，时不利兮骓不逝。骓不逝兮可奈何，虞兮虞兮奈若何！"虞姬起而舞剑，边舞边歌："汉兵已略地，四方楚歌声。大王意气尽，贱妾何聊生。"（《史记·项羽本纪》)歌罢自刎，让情长的英雄，了无牵挂。

英雄末路，但还有一条绝路。项羽退至乌江。白水浩渺，寒波凌冽，一舟如苇。渡吧，渡即江东，绝处逢生。霸王当然不渡。项氏家族宁折不弯，以死谢幕已成基因。祖父项燕战败自刎，叔父项梁战死。轮到项羽了。事与愿违，上天一定另有安排。他心无羁绊，一剑封喉。

"至今思项羽，不肯过江东。"整天婉约的李清照，在颠沛流离的凄风苦雨中，以罕见的豪放，缅怀相隔1300多年的项羽。

从公元前207年11月14日，刘邦攻占咸阳，秦朝灭亡，到公元前202年12月，项羽自刎乌江，其间天下无帝，也无政权，有的是楚汉相争。"西楚霸王"项羽争的是谁当老大，"汉王"刘邦争的是谁坐江山。项羽一死，刘邦一天都没耽误，于2月28日在山东定陶汜水（今山东曹县北）登基，定国号为汉，定都长安（今陕西西安）。

强弱转换，尘埃落定。

此非人力，天之所建也。（《资治通鉴·汉纪》）

113

项羽见过秦始皇，"彼可取而代也"。他虽然有贵族血统，但从小混迹于草莽，看到的是嬴政。

刘邦见过秦始皇，说"大丈夫当如此也"！他做过秦朝的亭长（相当于现在的派出所所长），虽然职位不高，却进入了一个庞大、正规的系统，看到的是皇帝。

嬴政微不足道，皇帝非同小可。

刘邦开始架构汉朝体系。一个朝代的建立，并不只是顶端的皇冠璀璨，关键在于架构合理、基础深厚、结构坚固。他建立制度，没费多少波折，但安排人事，麻烦不断。有功之臣，胃口如壑，以至于他很长时间封不下去。除了周勃等个别嫡系死心塌地，大多数人跟随他，只为个人企图。一旦欲壑难填，还会改换门庭、结党营私；一旦羽翼丰满，就会拥兵自重，觊觎朝廷。事实如此。韩信要挟，彭越抗旨，英布叛乱——开国最重要的三员大将，明流暗涌。就连"发小"樊哙，都似有二心。

刘邦在位 8 年，只得把安排人事当作安排人"后事"，各个击破，以绝后患。

公元前 196 年 10 月。淮河以北的沛县，已经进入冬天。

虽然张灯结彩、鼓乐齐奏、山呼万岁，但天地之间的肃杀无法改变。

对刘邦和大汉来说，这是一个不同寻常的年份。这一年，韩信被杀、彭越被杀，灭三族。这一年，英布造反。刘邦亲征，英布被杀。回长安途中，刘邦——中国历史上第一位平民皇帝，绕道还乡。

高祖还归，过沛，留。置酒沛宫，悉召故人父老子弟纵酒。(《史记·高祖本纪》)

一连几天，刘邦大宴父老乡亲。他总是高兴不起来。这算衣锦还乡吗？征战一生，砍敌无数，最终诛杀的是旧部功臣。叱咤风云、一呼百应，现在英雄迟暮、形单影只。被叛军毒箭射中的伤，孤家寡人的痛，高处不胜寒的寂寞，不可抑制的衰老以及对死亡逼近的预感，让他撕心裂肺、心如死灰。但他不是刘邦、是高祖，他不是亭长、是皇帝。他强打精神，让虚弱的身体在金碧辉煌的龙袍里昂扬如山。他借着酒兴，击筑而歌，以歌当哭：

> 大风起兮云飞扬，威加海内兮归故乡，安得猛士兮守
> 四方！（《史记·高祖本纪》）

"大风起兮云飞扬"，忆过去，连年征战、天翻地覆；"威加海内兮归故乡"，夸现在，威震四海、天下归心；"安得猛士兮守四方"，忧将来，江山万代、谁来镇守？过去不再，现在将逝，心心念念的大汉将来啊！

半年后——公元前195年6月1日，汉高祖刘邦箭伤不治，崩于西安长乐宫。

大汉由此开始，绵延400年。

楚汉相争，以项羽失败而告终。有人替项羽不服，说江山本来是项羽的。话可以说，但毫无意义。你死我活，历史已经做了选择。倒是悲个人的《垓下歌》和悲江山的《大风歌》，异曲同工，可以彼此共存，结伴永远，悲天悯人。

何以解忧，唯有杜康。

12

以时间为证

东临碣石，以观沧海。

水何澹澹，山岛竦峙。

树木丛生，百草丰茂。

秋风萧瑟，洪波涌起。

日月之行，若出其中；

星汉灿烂，若出其里。

幸甚至哉，歌以咏志。

这是曹操写的《观沧海》，气魄宏大，画面壮美，情感沉着，氛围苍劲。读者仿佛身临其境，随作者登高望远。正是深秋时节，长风浩荡，海潮吞吐，日月经天。

我喜欢这首诗，甚至因为喜欢这首诗，从而开始喜欢曹操。

在一次文学活动上，大家说到曹操。

有人说，《观沧海》表达了青年曹操胸怀天下的壮志。其理由是，青年人的豪情，跃然纸上，触手可及。由此，他又引出曹操的另一首诗《龟虽寿》："神龟虽寿，犹有竟时。腾蛇乘雾，终为土灰。老骥伏枥，志在千里。烈士暮年，壮心不已。"

以这首诗作为对照，说这是老年曹操，老当益壮、积极进取。理由很简单，"老骥伏枥""烈士暮年"，自曝年龄。

其实，那位朋友说的写作时间，《观沧海》是错误的；《龟虽寿》大体是对的，但不准确。

曹操生于公元155年。《观沧海》写于公元207年农历九月。这一年，他53岁。"人生七十古来稀"，53岁在汉代已经属于高龄。年轻的心他应该有，但年轻谈不上。

这里必须说一下写作背景。曹操终于初定中原，想立刻挥师北上，远征乌桓，将整个北方安定之后，再集中精力对付江南。但满朝文武，除郭嘉之外，全部竭力反对。连年征战，兵疲马乏；路途遥远，舟车劳顿；许都空虚，刘备叵测……全是困难。

但曹操的心思，只有郭嘉一人懂得。此行必定艰难，正因为如此，乌桓才会松懈麻痹，才会有可乘之机；正因为艰难，一旦获胜，就是大胜，就会关乎全局。而刘备谨慎，近乎怯懦，断然不敢轻举妄动。

战争，有时候就是赌一把。

建安十二年（207年）农历五月，曹操亲率20万大军北征。

几次绝境，几次绝处逢生，终于捕获胜机，大败乌桓，从此解决后顾之忧。这是曹操一生中最重要的征战，也是他一生中取得的最辉煌的胜利。只是因为《三国演义》对此战，没有像官渡之战、赤壁之战那样浓彩重墨，被我们忽略了。

曹操得胜，班师回朝，路过碣石。他想起秦始皇和汉武帝曾在此处登临，策马跃上。其时，霜天寥廓，沧海横流，日落月升，星河璀璨。曹操触景生情，诗兴大发，提笔写下这首豪迈的《观沧海》。

《龟虽寿》确实是曹操老年之作。但是，仅仅从"老骥伏枥""烈士暮年"来推断，不够，也不科学。即使猜对，也是误打误中。退一步，说这首诗是曹操在青年或者中年，想到年华易逝、看到老者拄杖而行，生发情感，也未尝不可。

确切地说，《龟虽寿》也是曹操53岁时所写，与《观沧海》同时。

53岁，很多与曹操差不多年纪的英雄，不是烟消云散，就是老态龙钟，而曹操竟还能带兵亲征，还能铤而走险，还能大胜而归，喜不自禁。想到北方已定，即将剑指南方，一统天下指日可待，他心潮逐浪，诗兴未消。

《观沧海》与《龟虽寿》，都出自曹操的《步出夏门行》。他用乐府旧题创作组诗，记载凯旋途中的心情、见闻与感悟。《步出夏门行》有五个部分，开头是序曲《艳》，正文有四章，《观沧海》与《龟虽寿》分列第一章和第四章。另外两章是第二的《冬十月》和第三的《土不同》。四章排列，按内容涉及的时间为序，《观沧海》从内容上看是深秋，《冬十月》与《土不同》是隆冬，《龟虽寿》看不出具体时间，可早可迟，但早不过《观沧海》，最迟不过年底。"老年"是一个大的时间跨度，而《步出夏门行》把时间精确在曹操的 53 岁。

由此，我想到了曹操的《短歌行》。

在很长的一段时间，曹操成了酒的代言，因为他在《短歌行》中说，"何以解忧，唯有杜康"。很多人由此推断曹操好酒：

对酒当歌，人生几何。譬如朝露，去日苦多。慨当以慷，忧思难忘。何以解忧，唯有杜康。

古人喜饮、善饮，曹操概莫能外。但曹操"此时"的喝酒，只是一个手段，不是目的，目的是解忧。

曹操逐鹿中原、踏马乌桓，已在"一人之下、万人之上"，忧从何来？

《短歌行》写作时间，没有历史记载。《三国演义》上说，作于《步出夏门行》次年，即公元208年。这一年，曹操54岁。他马不停蹄，又率号称80万大军南下，志在必得。

大战在即，曹操特别想两个人。一个是文韬郭嘉，心心相印；一个是武略关羽，念念不忘。可惜，郭嘉年前病死在北征乌桓途中，关羽在对方阵中。二人如果都在自己帐下，那该有多好。他曾经大力强调"唯才是举"，先后颁发"求贤令""举士令"，招募天下英才。此战之后，天下统一，汉室待兴，贤能之人如果都为朝廷所用，报效国家，那是何等的幸事、盛事。

曹操喝到酒酣处，拖着自己的兵器——槊，来到庭院外。月明星稀，江风猎猎。他一边舞槊，一边吟诵："青青子衿，悠悠我心。但为君故，沉吟至今。"曹操像《诗经》中的姑娘思念恋人那样，思念郭嘉、关羽，渴求人才，最后直抒胸臆：

山不厌高，海不厌深。周公吐哺，天下归心。

我以为，《三国演义》推断曹操的《短歌行》作于此时，至少是有道理的。

诗歌浪漫、跳跃、空灵、简约，但作者的浪漫基于现实，跳跃起于坚实，空灵生于扎实，简约出于厚实，需要我们去一一落实、夯实。

曹操是伟大的政治家、思想家、军事家，卓越的文学家。读他的诗歌，包括散文，甚至书法，既要把握他渊深的修养、不凡的经历、恢宏的格局，也要将其放置于大动荡、大纷争、大变革、大离合、大悲欢这样辽阔的时代背景中。

对曹操如此，对其他人也是如此。

《广陵散》于今绝矣。

13

晦暗背景上的星火

有人说希望生活在晋代，向往"竹林七贤"的生活，喝酒、写诗、作文、弄墨、抚琴，高谈阔论、无拘无束。

"竹林七贤"的"七贤"，是指生活在魏晋时期的阮籍、嵇康、山涛、刘伶、阮咸、向秀、王戎等七位名士，但"竹林七贤"基本上与晋无关，因为整体活动主要在魏。而代表人物阮籍公元 263 年去世，精神领袖嵇康公元 262 年（一说 263 年）去世。三四年之后，公元 265 年，司马炎才篡魏，建国号为晋，定都洛阳。

当然，"竹林七贤"在魏失去阮籍、嵇康二贤，五贤在晋，不是不可以继续活动。但既然是"竹林七贤"，其活动场地应该主要在"竹林"。"竹林"是实指，当时的山阳县（今河南辉县）一带，那里竹林翁郁，也是指代民间，而且他们的初衷是不做官。实际情况是，以阮籍、嵇康离世为界，"竹林七贤"的发起人山涛以及王戎，在此之前已经重返仕途，向秀也在此后不久为官。五贤随三国归晋，"竹林"魂魄已散。

近 2 000 年过去，无论魏晋，都一去不返。对我们而言，"竹林七贤"到底是在魏，还是在晋，或许并不重要。我想说的是，

"竹林七贤"的生活，真的那样随心所欲？他们所生活的年代，真的令人心驰神往？

大汉的丧钟敲响，三国鼎立。不是因为曹（曹魏）、刘（蜀汉）、孙（东吴）势均力敌，而是三方都成疲惫之师，无力再战。此时山河破碎，民不聊生，遍地哀鸿。曹魏的基础毕竟雄厚一些，虽然内乱不断、血雨腥风，却在对蜀汉、东吴的连年征战中，屡屡得手。这其中，司马集团功不可没，但也跟着把自己壮大了，以至有了取代曹魏的野心和实力。

阮籍、嵇康、山涛、刘伶、阮咸、向秀、王戎，就生活在这兵荒马乱的时期。

阮籍、嵇康、山涛、刘伶、阮咸、向秀、王戎，在当时名望很高、影响很大。

首先，他们都有深厚的家庭背景。阮咸的叔父是同为"竹林七贤"之一的阮籍，他的祖父、阮籍的父亲是"建安七子"之一阮瑀。嵇康幼年清贫，但娶了曹操的曾孙女为妻。山涛的家境差一些，父亲也做过县令。

其次，聚集"竹林"之前，山涛、阮籍、刘伶等，都有为官的经历。即使是"竹林七贤"中唯一被害的嵇康，也曾官拜郎中、调中散大夫，属于朝廷高级官员。

另外，他们都是玄学的代表人物，才华卓越。

"七贤"隐入"竹林"，不出来做事，是当权者的损失。任何一方势力，哪怕得到他们中的一个人加盟，都会如虎添翼。因此，"竹林七贤"是各方政治力量争取的对象。

曹魏正统，一家独大，"竹林七贤"不用选择。他们其实不反对做官，相反，有的还表示出了很强的功名心。当曹魏与司马集团势均力敌，他们在选择政治站位的时候，态度一致，不与司马集团合作。之后，曹魏衰微、司马集团兴旺。他们选择曹魏已不可能，选择司马集团又不甘心，但必须选择，于是跟着山涛，一起跑到"竹林"里去了。

可见，"竹林"是"七贤"的逃避之地，很像是避难所。

在南京市西善桥的一座东晋墓中，发现一幅《竹林七贤图》的砖刻壁画。嵇康抚琴，阮咸弹阮（"阮"是阮咸发明的一种乐器，类似琵琶，故以他的名字命名"阮咸"，简称"阮"），刘伶举杯，阮籍、山涛、王戎酒杯置地，向秀醉然而坐。上海博物馆收藏了一幅唐代画家孙位的《竹林七贤图》。画面残缺，仅剩四人。山涛上身赤裸、抱膝坐地，王戎手持如意、赤足而坐，刘伶握杯、似要呕吐，阮籍执扇、面露讥笑。这些图画，惟妙惟肖，他们看上去很快活。

其实不然。

"竹林七贤"，没有一个不嗜酒如命。

晋文帝司马昭，想让阮籍的女儿做儿媳妇。阮籍不想答应，又不敢回绝，连醉 60 多天。司马昭找不到机会开口，只好作罢。

刘伶少言寡语，天天纵酒狂饮。他常带着酒，让人拿着铁锹跟在后面："我如果醉死了，就地把我埋掉。"

阮咸经常聚众用大盆喝酒。有一天，他和众人围坐，忽然一群猪跑过来。他不在乎，与猪同盆。

他们哪里不能喝酒，要跑进"竹林"才能痛饮，而且每喝必醉、疯癫狂痴？

宋代词人叶梦得一语说破："嵇、阮、刘伶之徒……以为保身之计……饮者未必剧饮，醉者未必真醉也！"

这话的意思是，他们喝酒为了保命，未必真的大喝，未必

133

真的大醉。

这里要说一下嵇康。

嵇康是曹魏时期著名的思想家、文学家、音乐家,也是"竹林七贤"中不与司马集团合作态度最坚决的人。他辞官为民,"采薇山阿,散发岩岫。永啸长吟,颐性养寿"(《幽愤诗》),并著有《养生论》,成了养生专家。山涛向大将军司马昭推荐他接替自己,担任尚书吏部郎。他竟与心心相印的挚友山涛断绝关系,写《与山巨源绝交书》,列出自己有"七不堪""二不可",不肯为官。司马昭"闻而怒焉",后来在钟会的挑拨下,终于找了一个杀他的理由。《世说新语》说,嵇康"临刑东市,神气不变。索琴弹之"。他抚《广陵散》,仰天大笑:

《广陵散》于今绝矣!

然后目送归鸿,慷慨就义。

"竹林七贤"都是满腹经纶、胸有大志的人,他们遁入"竹林",因为世道凶险,朝廷昏暗。他们无拘无束,是以散淡狷狂作为掩饰。而所谓高谈阔论,哪里敢直抒胸臆,只能指桑骂槐。

一个著名文学现象的产生,甚至一个著名文化人的出现,其背后都有时代风云和历史渊源。乱世出英雄。我们为英雄鼓与呼,但也要看到乱世的不堪。"竹林七贤"的精神与成就,如同晦暗背景上的七星,我们当然要景仰,但重回那时,或者要昔日重来,万万不可,也绝无可能。

何况,没有真本事,哪里也回不去,哪里也去不了。"竹林"里进进出出那么多人,为什么只留得几人名?

少无适俗韵，性本爱丘山。

14
得时无怠

老家街东有一大块地，高高低低，杂树乱草，又三面临河，人迹罕至，种植意义不大。有一天，老家给我电话，说那块地规划通过、设计完成、资金到位，择时开工，要做成"农耕博物馆"。

我看了农耕博物馆的三维图。平处村舍，缓处庄稼，高处树木。引水入园，水中小船自横，船上几只鱼鹰，好像随时要钻进水里，叼出一条条鱼来。水上架桥，桥上一头乌黑水牛，角峥嵘、眼炯炯、头朝天，好像就要喊出一声舒畅的"哞——"。一排村舍，桌凳、炉灶、床柜、农具、纺车、蓑笠。

老家在电话里说，博物馆大门的里外门楣上，要起名字。大家想了"桃花坞""桃红柳绿""稻香村""菜根香"等，觉得都是好名字，让我帮定两个。

我的脑海里，突然跳出的，却是"归园田居"。

"归园田居"是东晋陶渊明的组诗。

陶渊明（352或365—427年），我国第一位田园诗人，被称为"古今隐逸诗人之宗"（南朝·钟嵘《诗品·宋徵士陶潜》），字元亮，又名潜，浔阳柴桑（今江西九江）人。因家宅旁边种了五棵柳树，又称"五柳先生"。

陶渊明"少无适俗韵，性本爱丘山"（《归园田居》其一），意思是年轻的时候就不想适应世俗，天生喜欢自然风光。他后来任江州祭酒、建威参军、镇军参军，发现是"误落尘网中，一去三十年"（《归园田居》其一）。公元405年，他在江西彭泽做县令，不过80多天，不想与奸佞同流合污，挂印而去，辞职不干了。

陶渊明归隐田园，如同"羁鸟恋旧林，池鱼思故渊"（《归园田居》其一），好不快活。其间所作《归园田居》，一组五首，恰如其分地表现了他的生活和情感。我们最为熟悉的是"其三"：

种豆南山下，草盛豆苗稀。

晨兴理荒秽，带月荷锄归。

道狭草木长，夕露沾我衣。

衣沾不足惜，但使愿无违。

陶渊明在南山下种豆子，每天起大早下地铲除杂草，很晚才披着月光回家。他很辛苦，也尽力，但估计分不清豆苗与杂草，搞得地里野草疯长、豆苗稀疏。"作"到最后，收成肯定一塌糊

141

涂，但他的心情很好。

心情好，一切就都好。分不清豆苗和杂草，要什么紧呢？浑身沾满泥土、被露水打湿，要什么紧呢？能过自己想过的生活就行。

陶渊明开始了他自在逍遥的快乐时光。闲了或者累了，就喝酒，然后"采菊东篱下，悠然见南山"（《饮酒》其五）。他臆想的"世外桃源"，也成了无数人的梦想：

> 土地平旷，屋舍俨然。有良田、美池、桑竹之属。阡陌交通，鸡犬相闻。其中往来种作，男女衣着，悉如外人。黄发垂髫，并怡然自乐。（《桃花源记》）

官场少了一个"三心二意"，田园多了一个"称心如意"，这是文坛的大幸、万幸。

农耕博物馆大门外的门楣上，用"归园田居"。

我这样说，倒不是要大家像陶渊明那样隐居。我想说的是，我们所处的时代，工作节奏快、劳动强度大、交往应酬多，是不是应该找一个僻静的地方，养心安神、冥思反省。同时，也可以偷得一天闲，去参观、体验一下农耕社会劳动、生活的"原生态"。

至于里面的门楣，我想到了"得时无怠"。

"得时无怠"，出自《国语·越语·越兴师伐吴而弗与战》：

得时无怠，时不再来；天予不取，反为之灾。

《国语》，又名《春秋外传》或《左氏外传》。相传为春秋末期鲁国的左丘明（约公元前502—约前422年）所著。《国语》是我国最早的一部国别体史书，21卷。记事时间，从西周中期，到春秋战国之交，前后约500年。通过言论反映事实、以人物之间的对话刻画人物形象，是国语一大特点。像"为川者决之使导，为民者宣之使言"（《国语·周语·邵公谏厉王弭谤》），"轻则寡谋，骄则无礼"（《国语·周语·王孙满观秦师》），"华而不实，耻也"（《国语·晋语·秦伯享重耳以国君之礼》），"有过必悛，有不善必惧"（《国语·楚语·蓝尹亹论吴将毙》），等等，都是经常被后世引用的名句。

"得时无怠，时不再来；天予不取，反为之灾"，是范蠡对越王勾践说的。意思是时机一到就要抓住，千万不要懈怠，错过了机会永不会再有；上天给你的你不要，随之而来的就是大灾大难的惩罚。范蠡的话，虽然针对的是越军对吴军战与不战，但用"时"来比喻、劝说，既明白也贴切。农耕社会，春耕、夏耘、秋收、冬藏，人们按照节气、时令劳作，早一天、晚一天甚至早一时、晚一时都不行，否则轻则歉收，重则灾荒。

农耕博物馆大门里的门楣，用"得时无怠"。

从忙碌、喧嚣中走出来，农耕博物馆越来越近。一抬头，"归园田居"，不如归去。在农耕博物馆里，进入距离我们不过几十年的生活，安步当车，闲庭信步，气定神闲。但我们不能沉湎其中，小憩是为了跋涉、休闲是为了进取，新的生活等着我们去创造。就要走出大门，一抬头，"得时无怠"，催人奋进。

"归园田居""得时无怠"，用在农耕博物馆门外、门里的门楣上，岂不是非常贴切？

我把我的想法告诉老家。我说，我们不用绞尽脑汁想啊，老祖宗早就给我们想好了。

归园田居

得时无怠

老家说：好啊！

后来，我查阅典籍，发现类似"得时无怠，时不再来；天予不取，反为之灾"的句子，还有不少：

君子见几而作，不俟终日。(《易经》)

天与不取，反受其咎。(《周书·列传第四十》)

且夫天与弗取，反受其咎。(《史记·越王勾践世家》)

盖闻天与弗取，反受其咎；时至不行，反受其殃。(《史记·淮阴侯列传》)

我后来起草了老家农耕博物馆说明书，结尾一句：与时俱进。

点也虽狂得我情。

15

咏而归

2 498 年前，一个冬天的下午。屋外罩着严寒，屋里烧着炭火。孔子招呼弟子坐下，让他们"各言其志"。子路、冉有、公西华，或自信，或张扬，或谦虚，但都表明，志趣在江山社稷。只有曾点专心鼓瑟，一副旁若无人的样子。

"曾点，你呢？"孔子问。

曾点放慢鼓瑟的节奏，然后"铿"地一声，"舍瑟而作"，说：

> 暮春者，春服既成，冠者五六人，童子六七人，浴乎沂，风乎舞雩，咏而归。（《论语·先进下》）

子路、冉有和公西华非常惊讶。志趣应该远大、端庄，曾点却说：三月里来好风光，换上单衣，约上五六个好友，带上六七个书童，到曲阜城外的沂水里洗澡，再到沂水河北的舞雩台上吹风，然后一路唱着歌回家。但他们不便说什么，等着老师点评。

孔子长叹一声："吾与点也！"

我第一次读到《论语·先进》里这段文字，被优美的语言、生动的画面所打动，但不免心生疑虑。曾点的一次春游，即使内容再丰富，又怎么能与子路、冉有、公西华的治国和礼教相比？结果出人意料，孔子对子路、冉有、公西华微笑不语，却和曾点的主张一致。

因为文出神圣的《论语》，当事人又是伟大的孔子和他的高足，我首先怀疑自己的感受与判断。这不是妄自菲薄，而是对经典应有的敬畏。浮光掠影、走马观花、囫囵吞枣，就高谈阔论、随意臧否，这是不对的。再读一遍，我知道我错了。沐浴、临风、歌唱，看似平常的举动，所传达的却是社会安定、生活富足、身心自由的信息。假如战乱不断、灾祸频繁、民不聊生，又怎么能呼朋唤友、长歌浅唱？难怪王阳明也说："铿然舍瑟春风里，点也虽狂得我情。"（《月夜》）

游春，并不始于孔子和弟子，亘古有之。暮春者，三月也。惊蛰已过，春意勃发。天暖和了，兴之所至，哪一天都是吉日。由此形成一个景象：望去，村舍边、田野里、河岸上，三三两两，朝朝暮暮。

一件事情，热衷的人多了，会发展成一个节日。这与相聚的人多会形成村庄，做买卖的人多会形成集市，是同一个道理。所谓"节日"，简单地说，就是把散乱的日子，用一个强大的、光明的、公认的理由，固定到某一天。在交通不发达、信息不通畅的年代，这非常重要。明年春来，无需打听、通知，时节就是号令。大家不约而同，如约而至，风雨无阻。而春去也到春来归之间，是漫长的期待。

正月正，天寒地冻，正好在家守岁迎新；二月二，虽然"龙抬头"，但寒意犹在，草木未青。那——三月三？

三月三。

古时候，三月第一个巳日为"上巳"。因为巳日多在三月初三，魏晋以后，上巳节定为三月三。相传，三月三还是黄帝的诞辰日，有"二月二，龙抬头；三月三，生轩辕"的说法。据《后汉书·礼仪上》记载："是月上巳，官民皆洁于东流水上，曰洗濯祓除去宿垢疢为大洁。"意思是说，三月三，无论官员还是百姓，都要到水边洗浴，除污去垢、祛病消灾，身心健康。

每一个节日，似乎都确定得漫不经心，其实天赐，如同时令节气，浑然天成，早一时不得、晚一时不行。清明左右，空气些许清冽，但风中蕴含着芬芳；大地尚且泥泞，但草长莺飞，禾苗蓄势拔节。脱去冬衣，人像从铠甲中钻出，欢呼雀跃，轻松得能飞；扶老携幼，摩肩接踵，一个个欢喜得像盛开的花。

一抬头，芳草萋萋中，隐着故去亲人的坟茔，不禁悲从中来。慎终追远，摆上水果，插上纸幡，点起香烛，燃烧的纸钱升腾起悠长的青烟，如同绵延不绝的思念。

悲伤只在瞬间。尽情呈现当下生活的自由与幸福，以告慰先人，才是后人的本分。到水里沐浴，洗去污垢和病痛；在河边插柳，栽下绿茵和寄托；去田野奔跑，放飞纸鸢和希望……仿佛列祖列宗并未远去，坟茔就是他们端坐的身影。那飞扬的纸幡，是他们由衷的欣喜。

平日里不能抛头露面的女子，这一天，也尽可以花枝招展、随心所欲了。

溱与洧，方涣涣兮。士与女，方秉蕑兮。女曰观乎？士曰既且，且往观乎？洧之外，洵訏且乐。维士与女，伊其相谑，赠之以芍药。（《郑风·溱洧》）

这段文字，记载了西周到春秋时期的"情景剧"。大意是，三月三的溱水和洧水边，好热闹啊！一个姑娘偶遇一个小伙子。姑娘邀请小伙子去看看，小伙子说去过了。姑娘说，那再陪我去一次又何妨呢？他们结伴同行。分别的时候，他们互赠芍药花，相约不忘。今生有缘，明年再会。

上巳节，从先秦开始，一直到唐宋，都非常繁盛。笔墨当随时代，这自然成为文人骚客创作的题材。

伟大的现实主义诗人杜甫，写过"三月三日气象新，长安水边多丽人"（《丽人行》）；伟大的浪漫主义诗人李白，写过"箫声咽，秦娥梦断秦楼月。秦楼月，年年柳色，灞陵伤别。乐游原上清秋节，咸阳古道音尘绝"（《忆秦娥·箫声咽》）。宋代政治家、文学家欧阳修，也在《采桑子·清明上巳西湖好》中写道：

清明上巳西湖好，满目繁华。争道谁家，绿柳朱轮走钿车。游人日暮相将去，醒醉喧哗。路转堤斜，直到城头总是花。

词的上片写游人踏青，西湖繁华；下片写游人返归，沿路鲜花。一个太平世界！

宋元之后，上巳节渐渐衰微。它在清明节前后，清明节前还紧挨着寒食节，于是一起归入清明。热闹了 2 000 年的上巳节，就在昔日的诗文里永远闪烁。

四时更替，斗转星移。

历朝历代，只要不是万不得已、实在迫于无奈，官府都提倡、推崇过节，并且极力宣扬官民同乐、朝野尽欢。这既是顺应天时，也是迎逢民意，更是开明盛世的一种宣告。假如"国破山河在，城春草木深"，在"烽火连三月"，怎么可能"浴乎沂，风乎舞雩，咏而归"？

我想，这就是孔子"吾与点也"的原因。曾点所描述的，是孔子的理想境界，又何尝不是所有人的美好愿景？

后之览者，亦将有感于斯文。

16

永远的永和九年

永和九年（353 年），王羲之召集全国 41 位名流聚会，地点在会稽（今浙江绍兴）的兰亭。

日子是早就定好的，三月初三。

三月的第一个巳日为"上巳"。春秋战国开始，人们在这一天去水边沐浴，祈求祛病消灾、福祉降临。上巳多在三月初三，到了汉代，把这一天定为"上巳节"，俗称"三月三"。魏晋时期，文人雅士把起于西周的游戏"曲水流觞"纳入节日，作为重要的娱乐内容。人们坐在岸边，看弯曲的水面上，酒杯顺流而下。酒杯在谁面前滞留，谁就要吟诗，否则罚酒。

名流来自全国各地，但不需要长途跋涉，没有舟车劳顿之苦。会稽山水清幽、风景秀丽。他们大都在这里逗留、隐居，谈玄论道，放浪形骸。此时的东晋，既无外敌南侵之忧，也无北伐之力，又没有三国时的刀光剑影，还不需要像"竹林七贤"装疯卖傻。他们有的是时间，也有的是心境。

说是全国，其实是晋的一半——东晋。晋在公元 265 年开国，定都洛阳。这是中华历史上大一统的朝代之一，只是没过几年太平日子，就经历"八王之乱"和"五胡乱华"，内外交困。

永嘉五年（311年），匈奴军队击败西晋守卫洛阳的部队，攻陷洛阳后烧杀抢掠，还俘虏晋怀帝等王公大臣，导致晋在公元317年分崩离析，一半归五胡十六国，另一半是东晋，定都建康（今江苏南京），统辖江东。

这些名流又确实来自全国。比如谢安，陈郡阳夏（今河南太康）人；左司马孙绰，中都（今山西平遥）人。即使是王羲之，也是琅琊（今山东临沂）人。他们的家族，在永嘉之乱之后南渡。这也是中华历史上第一次大规模的北人南迁。他们大都住在建康的乌衣巷一带，乌衣巷由此成为高档住宅区。唐代诗人刘禹锡"旧时王谢堂前燕，飞入寻常百姓家"、宋代诗人罗必元"无处可寻王谢宅，落花啼鸟秣陵春"中的"王谢"，"王"指的是王羲之的伯父王导，"谢"指的是谢安。

名流出身世族，家境深厚，才华横溢。

比如谢安，是太常谢衰的儿子、豫章太守谢鲲的侄子、镇西将军谢尚的弟弟、从事中郎谢万的哥哥、车骑将军谢玄的叔叔……他多次辞官，在会稽的东山游手好闲，高谈阔论。后来看看谢家无人当官了，又重返官场，"东山再起"，不仅挫败大司马桓温的篡位，还任淝水之战总指挥，打败进犯的苻坚。苻坚当时拥兵百万，"投鞭于江，足断其流"。谢安用区区 8 万兵马，打出以少胜多的经典战例，还为东晋赢得几十年的和平。

这些名流，朝廷召见任用，未必会去，但王羲之召集，他们要到的。

王羲之出身名门望族，自己威望也高。祖父王正，官至尚书郎。伯父王导、王敦，一位是宰相，一位是镇东大将军。父亲王旷为淮安太守，是第一个提出晋室渡江、建立东晋王朝的人。岳父郗鉴，做过安西将军、车骑将军、太尉。他由江州刺史升任会稽内史，领右将军，是当地最高行政长官。他的书法成就极高，"入木三分"说的是他。更重要的是，他特立独行，我行我素，不合俗流。他出面召集，又是"曲水流觞"这样的雅事，一呼百应。

都到了。

东晋政权先后由琅琊王氏、颍川（今河南禹州）庾氏、谯国龙亢（今安徽怀远）恒氏、陈郡谢氏等掌控。四大家族都有代表人物到场。王氏家族，人数最多，有王羲之和他的六个儿子；谢氏家族，有谢安与其弟谢万；庾氏家族，有车骑将军庾冰的儿子庾友和庾蕴；桓氏家族，有桓温的儿子桓伟。还有来自高平（今山东金乡）郗氏家族的代表、王羲之的小舅子郗昙，来自中都孙氏家族的孙统、孙绰兄弟以及孙绰的儿子孙嗣。

王羲之带他们来到兰亭。

兰亭位于会稽西南兰渚山下，因越王勾践在这里种植兰树、汉代在这里设置驿亭得名。准备工作几天前就开始了，书童们挖沟引水，清流潺潺。三月的江南，本该连日阴雨、乍暖还寒。但这一年的三月初三，天气格外好。春风和煦，树木茂盛，竹林摇曳，远山如黛。

大家先举行消灾祈福的祭礼，然后依次在水边坐下。没有酒池肉林，没有莺歌燕舞，只有畅抒胸臆。

酒杯顺着曲折的流水而来。

王羲之曰："代谢鳞次，忽然以周。欣此暮春，和气载柔。咏彼舞雩，异世同流。迺携齐契，散怀一丘。"

谢安也曰："伊昔先子，有怀春游。契此言执，寄傲林丘。森森连岭。茫茫原畴，迥霄垂雾，凝泉散流。"

孙绰跟着曰："春咏登台，亦有临流。怀彼伐木，肃此良俦。修竹荫沼，旋濑荣丘。穿池激湍，连滥觞舟。"

王羲之七子中，除操之外，玄之、凝之、涣之、肃之、徽之、献之参加了聚会。

王玄之曰："松竹挺岩崖，幽涧激清流。萧散肆情志，酣畅豁滞忧。"

王凝之曰："荘浪濠津，巢步颍湄。冥心真寄，千载同归。"

．．．．．．．．．．．．

最后，11人各成2首，15人各成1首。16人1首没成，罚酒3杯，其中有王献之。以至于有人调侃他："却笑乌衣王大令，兰亭会上竟无诗。"王大令即中书令，王献之曾任此官职，并在任上去世。一场声势浩大的雅集，得诗37首，有四言，有五言，编辑成《兰亭集》，请王羲之作序。王羲之醉眼迷离，取鼠须笔，略作沉吟，在构树皮做的纸上挥洒：

永和九年，岁在癸丑，暮春之初，会于会稽山阴之兰亭，

修禊事也。群贤毕至，少长咸集。此地有崇山峻岭，茂林修竹，又有清流激湍，映带左右。引以为流觞曲水，列坐其次。虽无丝竹管弦之盛，一觞一咏，亦足以畅叙幽情。（《兰亭集序》）

王羲之一气呵成，计 28 行，324 字。满纸笔酣墨饱，气韵流畅。文书双璧，浑然成天下第一行书。

这次雅集，盛况空前。此后，多少文人墨客，甚至帝王将相，都仿兰亭曲水流觞，但无一能有气势。

没有了那时代，没有了那性情，没有了那名流，没有了那王羲之，又怎么会有那永和九年？

王羲之或许预料到了，否则不会隔空对话："后之览者，亦将有感于斯文。"

止哉，止哉，吾不忍闻。

无『别』不骚客

骊驹在门，仆夫具存。

骊驹在路，仆夫整驾。

这首《骊驹》，可能是中国现存最早的告别诗。它没有被收录进《诗经》，是一首"逸诗"。事实上，先秦诗歌或者"歌诗"浩如烟海，被收入"诗三百"的，只能是沧海一粟，更多的湮灭在岁月之河的波涛里，还有极少数，通过其他载体侥幸生存。

比如《骊驹》，隔了几百年之后，出现在《汉书·儒林传》中：

（江公）心嫉式，谓歌吹诸生曰："歌《骊驹》。"式曰："闻之于师：客歌《骊驹》，主人歌《客毋庸归》。今日诸君为主人，日尚早，未可也。"

有一个叫江公的人，不喜欢王式，就对奏乐的人说："唱《骊驹》（送客）。"王式说："我听老师说过，客人告别才唱《骊驹》，主人送别应该唱《客毋庸归》。你们都是主人（不应该唱《骊驹》）。天时还早，我还不想走。"

江公和王式之间的瓜葛，暂且不论。值得注意的是，在很久以前，"别"就进行了两种形式的区分。一种是告别，一种是送别；告别的主体是客人，送别的主体是主人；"别"不同，"歌"也不同；告别的歌先唱，送别的歌后唱，否则就是赶客人走。

《骊驹》是客人告别时唱的歌，王式嘲笑或者提醒江公，你们唱反了。

黑色的马啊，已经站在门口。车夫已经准备好了。我就要走了。

黑色的马啊，已经站在路边。车夫已经挥动鞭子。我就要走了。

《骊驹》，成了告别时刻必定吟唱的歌曲。"骊驹"或者"骊歌"，频繁入诗。

"何用识夫婿，广路从骊驹。"（北宋·郭茂倩《乐府诗集·陌上桑》）不用去找我的丈夫，那个后面跟着黑马的大官就是。

"洛城虽半掩，爱客待骊歌。"（南朝·刘孝绰《陪徐仆射晚宴》）洛阳城门快要关了，但不要急，耐心等客人唱告别的骊歌。

"正当今夕断肠处，骊歌愁绝不忍听。"（唐·李白《灞陵行送别》）在今晚最伤心的地方，实在不忍心听告别的骊歌。

············

告别与送别，一体两翼。中国现存最早的送别诗，是《诗经》中的《邶风·燕燕》：

燕燕于飞，差池其羽。

之子于归，远送于野。

瞻望弗及，泣涕如雨。

············

据考证，这首诗的作者是庄姜。

庄姜是齐国姜氏公主，嫁给卫庄公，所以称"庄姜"。《诗经》中"手如柔荑，肤如凝脂，领如蝤蛴，齿如瓠犀，螓首蛾眉。巧笑倩兮，美目盼兮"（《卫风·硕人》），描写的就是她的美貌。

可惜，庄姜不能生育，庄公又娶了陈国的戴妫。戴妫为庄公生了公子完，完被立为太子，奉庄姜为母，后来被人杀害。戴妫不想留在卫国这个伤心之地，要回到陈国去。庄姜送别戴妫，一唱三叹，柔肠寸断，难舍难分。

> 燕子在天上飞啊，双翅不停地扇动；
>
> 妹妹今日远行啊，郊外一程又一程相送；
>
> 登高远望，已看不见妹妹的身影啊，泪眼朦胧……

如果要在人类日常生活中，选择一个最能触发生命情感的动作，该会是什么呢？

一定是"别"。

目光投向遥远的古代。

人猿揖别。

先民在历史的蒙昧深处摸索，左冲右突。我们看不见他们，但能听到他们粗重、惶恐的喘息。

先民是在帮我们在寻找出路，步履蹒跚。在山林，在溪流，在高岗，在旷野，密密麻麻，羸弱如蝼蚁。他们渐渐清晰起来：双腿半屈、两手低垂，斜坡一样的脸上目光如炬。他们前后左右、头顶脚下，赤日炎炎，冰雪如刀；虎狼凶恶，蛇虫横行；山石崩塌，江河泛滥；瘟疫频发，瘴气弥散。

这是最为险恶的生存环境。

一转身，伙伴被虎狼攫取；一转眼，伙伴被熊罴吞噬；一个踉跄，伙伴跌入万丈深渊；一个愣神，伙伴卷入滚滚洪流。

每时每刻，伙伴都在倒下、少去。

整个原始社会，人类平均寿命不到 20 岁。

在伙伴突然消失的地方，先民们不停地招手。他们坚信，既然可以突然消失，也一定可以突然回来。挥动的手，如同招魂的纸幡。

在伙伴成为白骨的地方，先民们苦思冥想。血肉去了哪里，呼吸去了哪里，温暖去了哪里，魂魄去了哪里……白骨无言，一点儿一点儿遁入尘埃。

生命，就像水，从手掌心滴漏。

生命，就像落叶，被飓风席卷。

"嗷——"先民围着熊熊的野火，叩天问地。天地无语。他们脚踏如鼓、击掌而歌，披头散发，手舞足蹈，节奏渐快、渐强："嗷！嗷！嗷……"

…………

"别"的动作，与生俱来。只是混沌未开，并不明白发生了什么。疑惑、悲痛、忧伤、恐惧、无助，江河倾泻一般融入血液，成为民族的天性和基因。

别父母，别子女，别夫妻，别朋友，别岁月，别四季。

生离死别，并不在距离远近，也不在时间长短。至暗时刻，转身即生离，转眼即死别。说再见容易，要再见就难。从此一别，岁月经年、山高路远。

何止人类如此？

象在呜咽、狼在悲号、鹰在盘旋、猴在捶胸，在对逝去生命告别；蛐蛐鸣叫、仓鼠储物、桑蚕结茧、青蛙钻洞，在对时光告别。而新芽萌发、绿叶繁茂、果实累累，那是草木凭着对季节的敏锐感知，完成涅槃一样的轮回。

一切生命，概莫能外。

先秦的两首诗，一首告别，一首送别，开"别"诗之先河。

在"别"了多少岁月、多少生命之后，先民逐渐萌发"别"的意识，衍变出"别"的仪式。有关"别"的诗文，便奔涌如江河、浩瀚如沧海。

"别"，是每一个人的刻骨铭心。不舍、无奈、珍惜、牵挂、担忧、期待、祝福……或涟漪，或波澜，在灵魂深处经久不息。

"别"，也成了文人墨客的魂牵梦绕。无"别"不骚客，无骚客不"别"。中国的文学艺术，不仅"别"的题材占了极为重要的位置，而且产生了难以计数的荡气回肠、摄人心魄、传之久远的作品。

孤帆远影碧空尽，唯见长江天际流。（李白《黄鹤楼送孟浩然之广陵》）

此去与师谁共到，一船明月一船风。（韦庄《送日本国僧敬龙归》）

执手相看泪眼，竟无语凝噎。(柳永《雨霖铃·寒蝉凄切》)

"渭城朝雨浥轻尘，客舍青青柳色新。劝君更尽一杯酒，西出阳关无故人。"王维的《送元二使安西》，婉伤凄美又温暖体己，贯穿世代，成为每一个分别必需的歌唱。西出阳关无故人，西出阳关无故人，西出阳关无故人啊……一遍又一遍，是为"三叠"。劝君更一杯，舍不得君出"阳关"。

20世纪上半叶，一个寒冬的晚上。雪落无声，街灯暗淡。弘一法师李叔同悲戚，禁不住念念有词：

长亭外，古道边，芳草碧连天。

晚风拂柳笛声残，夕阳山外山。

天之涯，地之角，知交半零落。

一壶浊酒尽余欢，今宵别梦寒。

弘一法师的弟子丰子恺听到了，不能自已："止哉，止哉，吾不忍闻。"

177

来归相怨怒，但坐观罗敷。

18

陌上的罗敷

我骑着马，在天亮之前，赶到秦庄的桑树下。"日出东南隅，照我秦氏楼。"太阳出来，秦家的女儿就会来采桑。

秦庄的桑树，以前在传说中，在我的梦里。现在，它赫然站在我面前。天还没亮，我看到一个庞大的轮廓，想象着一树葱茏。我还听到了一阵阵窃窃私语，一片一片叶子，跟着晨风飘闪。

马散漫地走在河滩。我听到它吃着草，打着响鼻。

陆陆续续有人从夜色里出来。

"早啊！"

"早啊！"

"——为何这么早？"我问。

一个肩扛锄头的小伙子问我："你又是为何？"

"哈哈……"大家笑了。

我的身边，有了许多人，一张张新鲜、兴奋的脸。

"呃——她叫罗敷吗？"我问。

一个牵牛的小伙子说："还有什么名字，比这更好听呢？"

突然有人唱了起来：青丝为笼系，桂枝为笼钩。

有人接着唱："头上倭堕髻，耳中明月珠。"

"缃绮为下裙，紫绮为上襦……"又有人接着唱。

此起彼伏。

关于罗敷，传说很多。

说她本来叫秦氏，自己给自己取名"罗敷"；说她喜欢养蚕，说她很漂亮。

她叫什么，是不是喜欢养蚕，并不重要，重要的是她很漂亮。因为她很漂亮，她的一切，大家都有兴趣。

她家在村子东头，她住西边那间屋；

她有很多好看的衣服，都是丝织的；

她喜欢穿好看的衣服，所以才养蚕；

她在妈妈肚子里的时候，爸爸就在这里种下一棵桑树。

天渐渐豁亮。

一条大路，蜿蜒着伸出村子，奔到桑树下，再奔向东，奔向西，奔向南，奔向北。它们在辽阔的田野，在绿油油的庄稼地，与其他阡陌，纵横交通。

我看清楚桑树了。

粗大的树身隆出地面。它在半人高的地方，不再向上，果断向四周伸展。巨大的一蓬，像撑起的绿色天空。大大小小的枝丫四通八达，让人想起旷野的道路和河流，以及身体的青筋和脉管。密密麻麻的树叶，像一万个巴掌，杂乱而欢快地拍着。仔细听，隐隐的掌声越来越明亮。那些枝枝叶叶之间，躲藏了无数的桑葚。一颗颗、一簇簇，有的淡青，有的淡红。那是了不起的诱惑，以至于每一个人都盼望时光飞逝，甜紫的日子扑面而来。

河滩的斜坡上，芳草萋萋，一直长进水里。河从天尽头流来，再向天尽头流去，看不见河水流动，却看得见青葱笔挺的芦苇招摇。

河滩的缓坡上，牛羊成群。

"咩——"羊在叫。

"哞——"牛忍不住也叫。

我的马受到感染，扬起脖子："咴——"

东边的地平线，就在这个时候红了。这是生机勃勃的红，仿佛一粒深埋已久的炭火，就要冲破岩石和土层，喷薄而出。

我不敢眨眼，唯恐错失亲见的机会。

"轰！"硕大的红日，一下子跳出地平线，冉冉升起。田地、庄稼、河流、村社……羊、牛和马，还有我们，肃立，遥看东方。

"来了，来了！"有人说。

大家一阵骚动。

我扭过头，和大家看着村口。

一辆牛车，稳稳当当走来。牛车上的响铃，"叮当"作响。一个姑娘，婷婷地站在牛车上，披着万道霞光。

我的心剧烈地跳动起来。

我见过美女，她们在《诗经》里。"窈窕淑女"（《周南·关雎》）、"佼人僚兮。舒窈纠兮，劳心悄兮"（《陈风·月出》），但没有详细描写"淑女""佼人"之美，给了一个无限想象的空间。"手如柔荑，肤如凝脂，领如蝤蛴，齿如瓠犀，螓首蛾眉"（《卫风·硕人》），不惜笔墨和情感，描写女子美貌，尤其"巧笑倩兮，美目盼兮"，让美女神韵，跃然纸上，成就千古绝唱。

但这些佳人，毕竟生活在《诗经》里。今天，我要亲眼见到一个漂亮姑娘。她不是诗，也不是传说。她是现实。我骑着马，星夜兼程来看她。

牛车近了。

我看到罗敷了。就像刚才唱的，她提着篮子，篮子用青丝做络绳，用桂树枝做提柄。她头上梳着堕马髻，耳朵上戴着宝珠做的耳环；浅黄色花纹的丝绸做成下裙，紫色的绫子做成短袄。

我惊叹罗敷的美丽，但无法用言语表述。两天后，我听到了人们的传诵：

　　行者见罗敷，下担捋髭须。少年见罗敷，脱帽著帩头。
　　耕者忘其犁，锄者忘其锄。来归相怨怒，但坐观罗敷。

传诵者是聪明的。伟大的《诗经》之后，正面描写美女之美就困难了，最好的办法，是从侧面另辟蹊径。

走路的中老年人看见罗敷，放下担子，捋着胡子注视她。年轻人看见罗敷，禁不住脱帽重整头巾，希望引起她的注意。耕种的人忘记干活，农活没有干完，一家人相互埋怨，只顾看罗敷的美貌了。

哈哈，我也在其中，就是"脱帽著帩头"的少年。

"来人了！"有人喊。

远处来了一辆五驾马车。车上坐着太守，车的前后左右，都是他的随从。快到桑树的时候，马车慢了下来。

太守见过大世面，但看到罗敷，还是被她的美惊呆了。他结结巴巴问："罗敷……年几何？"

"二十尚不足，十五颇有余。"罗敷的声音，像黄鹂鸟一样清脆。

"尚——颇——"太守想了想，笑了，"年方十九？"

"嗯！"罗敷点点头。

太守看看围观的人群，指着自己的马车，对站在牛车上的罗敷说："宁可共载不？"

"罗敷自有夫。"罗敷笑着说。

罗敷已经嫁人了？

太守有些尴尬："这——"

"啊？"我们大吃一惊。

"罗敷，夫在何处？"

"罗敷，我们为何闻所未闻？"

罗敷轻轻地拍拍牛背："驾！"她一边回家，一边放声歌唱：

> 东方千余骑，夫婿居上头。何用识夫婿？白马从骊驹，
>
> 青丝系马尾，黄金络马头。腰中鹿卢剑，可值千万余。

"哈哈哈哈……"大家笑了。

罗敷的唱词里，丈夫是一个大官。大官骑着高头大马，马笼头是金做的，腰佩价值连城的宝剑，随从就有1 000多人。

"她编故事呢。"肩扛锄头的小伙子说。

牵牛的小伙子说："我们从来没见。"

"我都没见过。"太守说。

"散了吧。"

"对，明早再来。"

桑树下热闹的人群，一个个高高兴兴地散去。

我爬上马，双腿夹着马肚子，但我的马并不上前。马，你是留恋河滩上的青草，还是因为我总是回头，看看罗敷的背影？

秦庄路口的桑树，巍峨地站着，一动也不动。

一顾倾人城，再顾倾人国。

19

北方有佳人

北方有佳人，绝世而独立。

一顾倾人城，再顾倾人国。

宁不知倾城与倾国，佳人难再得。

（《乐府诗集·李延年歌》）

这是李延年的《李延年歌》，又称《佳人曲》。

李延年，西汉时期伟大的音乐家。中山国（今河北定州）人，出生于文艺世家，父母和兄弟姐妹都以乐舞为业。他生于哪一年，无从考证。汉武帝元鼎五年（公元前112年），才有踪迹可寻。

公元前112年，司马迁升为郎中。郎中职位的设置，始于战国，不一定有多大的权力，但地位非常高。郎中们在皇帝身边工作，可以随时向皇帝建议，也可能随时被皇帝提问，有时候还会成为皇帝的随从、护卫。

郊祀的日子，越来越近了。

到国都南郊祭天、北郊祭地，称为"郊祀"。郊祀是帝王祭祀的重要组成部分，以祈求风调雨顺、国泰民安、五谷丰登。

一天，汉武帝召集公卿说，百姓的祭祀都有音乐和歌舞，而郊祀这样的国家公祭，却没有正式、规范的乐章，很不得体。

喏！公卿们说，祭祀天地神灵，包括朝廷其他重要活动，一定要庄严，要有仪式感，歌咏乐舞是不能缺少的。

于是，公元前 122 年，汉武帝昭告天下，设立乐府，相当于在国家层面成立歌咏管理部。乐府在秦朝就有，负责搜集民歌，但没有专设官署。汉乐府的职责，不仅要专门负责采集、整理歌谣，还要组织写诗、谱曲、编舞、演奏。

西周时起，周天子就派采诗官，摇着木铎，行走于山水阡陌、村舍集市，采集歌谣。采诗官回到京城，将所得进行整编，交给专职的太师。太师再做选择，呈献天子。

交通非常不发达，又没有通讯技术，书写也不可能。天子就想通过民谣，了解、体恤民情。

天子征集，天下响应。报送到太师那里的歌谣，多到来不及处理。这些来自民间的歌谣，后来成为《诗经》最重要的部分：《风》。

诗歌在经过 "风（《国风》）骚（《离骚》）" 之后，到了西汉，一种新的诗歌体成熟了。

《诗经》以抒情为主，奠定中国的诗歌是"情诗"的基础。但诗经体一般每句四言，便于复沓咏叹，叙事受到拘束。楚辞体突破四言，杂言活泼而奔放，洋溢着的是浪漫主义。

汉代的诗歌，杂言依旧，但又整体趋向五言，而且非常口语化；句式随心所欲，手法富于变化，内容偏于叙事。更重要的是，秉持的是现实主义。

这不奇怪。西汉开国之后，政治、经济、军事等各个方面，都有飞速、巨大的发展，值得书写的内容空前丰富。所以，不仅诗歌在形式、题材、内容上有革命性突破，赋等文学样式也开始繁荣。

自孝武（汉武帝谥号"孝武"）立乐府而采歌谣，于是有代、赵之讴，秦楚之风，皆感于哀乐，缘事而发。（《汉书·艺文志》）

所以，乐府设立，应运而生、应时而生。乐府工作人员，最多的时候有七八百人。他们都是一流的文学家、音乐家、舞蹈家，以及著名的民间艺人。

就在这一年，李延年被招进乐府。

李延年在文学、音乐上的造诣极高，但因犯法，被处宫刑，在狗监看管皇帝的猎犬。如果没有乐府，他可能永无出头之日，但在公元前112年，他成了难得的人才。

"平阳公主言延年女弟善舞，上见，心说之，及入永巷，而召贵延年。"（《史记·佞幸列传》）平阳公主告诉汉武帝，李延年的妹妹舞跳得很好。汉武帝见了，十分喜欢，召入宫中，称"李夫人"，并紧急召见李延年。

李延年献上了自己作诗、谱曲的《佳人曲》：

> 北方有一位妙龄少女，美丽但还没出嫁。
> 她回眸一笑全城惊叹，再回眸举国倾倒。
> 即使用城和国去交换，难找这绝色娇娃。

李延年且歌且舞。因为受宫刑，他有着接近女性的婉转歌喉、柔软腰肢和姣好面容。

少女之美，标准是什么？

《诗经》里说："手如柔荑，肤如凝脂，领如蝤蛴，齿如瓠犀，螓首蛾眉。巧笑倩兮，美目盼兮。"（《卫风·硕人》）手像春芽嫩，肤如凝脂白，颈似蝤蛴柔，齿若瓠瓜整。额角饱满蛾眉细长，嫣然一笑美目传情。描写非常直接、细腻，不惜笔墨、极力铺陈，少女之美跃然纸上。

李延年的《佳人曲》，则通过夸张、侧面描写，"不着一字"，把美写到极致，并且留下广阔的想象空间。

汉武帝看呆了。他赐李延年"佩二千石印，号协声律。……与上卧起，甚幸贵"（《史记·佞幸列传》）。李延年从此每年拿2000石的俸禄，做了"协声律（即协律都尉，掌管乐舞的官员）"，在宫中和皇帝同卧同起，非常受宠爱。

司马迁和李延年是同时代人，又在皇帝身边工作，所记不会有误。另有《汉书·礼乐志》可以佐证：

以李延年为协律都尉，多举司马相如等数十人造为诗赋……

李延年负责谱曲编舞，司马相如等负责写诗做赋。司马相如是伟大的文学家、词赋家，因为乐府，他和李延年珠联璧合。

时代需要、皇帝喜爱、朝廷号召、公卿支持、官府作为、专家力行、民众顺应，乐府日益昌盛。乐府从民间采集和组织编纂的《陌上桑》《孔雀东南飞》《木兰诗》《长歌行》《东门行》《上邪》《薤露》《蒿里》等"歌诗"，如雨后春笋，星罗棋布于两汉，并开一代诗风，与《诗经》《楚辞》鼎立，深刻而持久地影响后世文人和文学。

汉武帝天汉二年（公元前99年），时任太史令的司马迁约47岁，为打败仗的李陵辩解，受到与李延年同样的处罚：宫刑。他忍辱负重，完成《史记》，分别于《外戚世家》《佞幸列传》，涉及李延年。

据记载，李延年的妹妹李夫人，生汉武帝第五个儿子刘髆，不幸早逝，皇恩逐渐寡淡；李延年的弟弟李季作奸后宫、哥哥李广利投降匈奴，李家最终被汉武帝灭族。

李延年虽然没做坏事，而且对推动乐府发展呕心沥血，但受株连，于汉武帝征和三年（公元前90年）被诛杀。

巧的是，司马迁也在这一年去世。

人事浮沉，自有评说。但无论如何，李延年和"北方有佳人"，在歌诗乐舞中相伴至今，就像司马迁在《史记》里屹立千年。

肉食者鄙，未能远谋。

20

一个人的战争

<u>十年春，齐师伐我。</u>

《曹刿论战》开篇第一句。典型的《左传》风格：时间开头，单刀直入，每一个字都管用。

具体说，鲁庄公十年（公元前 684 年）春天，齐国大夫鲍叔牙，率兵 30 万攻打鲁国。

<u>公将战。</u>

鲁庄公能战吗？

三个月前，齐师和鲁师在齐国的乾时（今山东青州）打了一仗。鲁军大败。鲁庄公丢弃战车，在将士的掩护下狼狈逃窜。鲍叔牙一路追杀到鲁国，迫使鲁庄公杀了公子纠，绑了管仲。

鲍叔牙又来了，率兵 30 万。

鲁庄公满打满算，还剩 3 万兵马。

先理一理关系。

齐僖公于三十三年（公元前 698 年）离世，传位给大儿子齐襄公。齐襄公有两个弟弟，一个叫公子纠，一个叫小白。两个弟弟担心为残暴昏庸的大哥所害，分别走上了流亡之路。纠在大夫管仲、召忽的帮助下逃到鲁国（今山东济宁），小白在大夫鲍叔牙的帮助下逃到莒国（今山东莒县）。

齐襄公十二年（公元前686年），齐襄公被侄子、宠臣公孙无知杀死，公孙无知自立为王。第二年（公元前685年），大夫雍凛杀了公孙无知，齐国的君主一下子没了。

公子纠和小白都有了机会，立即启程，赶往国都临淄（今山东淄博）。谁先到，谁将被拥立为王。

鲁庄公亲自护送公子纠，鲍叔牙亲自为小白驾车。莒国距离临淄近，鲁庄公担心小白捷足先登，命管仲去小白必经之路埋伏。管仲一箭，射中小白衣服上的带钩。小白装死，骗过伏兵，星夜潜逃回国。等公子纠大摇大摆到乾时，小白已经成了齐桓公。鲁庄公恼羞成怒，护军变进军。鲍叔牙带兵大败鲁军，鲁庄公差点被活捉。

鲍叔帅师来言曰："子纠，亲也，请君讨之。管、召，

仇也，请受而甘心焉。"乃杀子纠于生窦。召忽死之。管
仲请囚，鲍叔受之，及堂阜而税之。(《左传·鲁庄公九年》)

鲍叔牙带话给鲁庄公，齐桓公不忍对弟弟公子纠动手，麻
烦鲁庄公给办了；管仲和召忽是齐桓公的仇人，麻烦鲁庄公给
绑了，齐桓公要亲自收拾他们才放心。鲁庄公没办法，在生窦
（今山东菏泽北）杀了公子纠。召忽自杀，管仲被押回齐国。

管仲到了齐国，鲍叔牙竭力举荐。齐桓公不计前嫌，以管
仲为国相。"管仲既用，任政于齐，齐桓公以霸，九合诸侯，
一匡天下，管仲之谋也。"(《史记·管晏列传》)管仲辅佐齐桓
公，成为"春秋五霸"之首。这是后话。

鲁庄公与齐桓公，生死之仇。

还有——

鲁庄公的父亲是鲁桓公。公元前 694 年，鲁桓公带妻子文
姜去齐国。齐襄公和文姜同父异母，竟然是情人。齐襄公发现
事情败露，设计杀了鲁桓公。鲁庄公继位。

鲁庄公与齐桓公的哥哥齐襄公，杀父之仇。

因此，鲁庄公不管能不能战，都将战。

曹刿请见。

曹刿是鲁国人，周文王的后代，祖上显赫。但他具体是怎么回事，没人清楚。《左传》基本上是大事记。在"十年春"之前，没记到他，表明大事都与他无关。乡人知道他要见鲁庄公，都劝"肉食者谋之，又何间焉"。他说"肉食者鄙，未能远谋"，表明他还不是"肉食者"，地位不高。

鲁庄公破例，接见曹刿。

问何以战。

鲁庄公答："衣服和粮食，不敢独自享受，一定分给别人。"曹刿摇头："这是小恩惠，百姓不会追随你。"鲁庄公又答："呃——祭祀用的牛羊玉帛，不敢虚报数目，一定反映真实情况。"曹刿还是摇头："这是小信用，神灵不会赐福你。"

　　鲁庄公其实没想过"何以战"。不能怪他，刚刚惨败，又以士气低落的 3 万对乘胜追击的 30 万，有什么好想的？以卵击石，要求"卵"考虑以什么姿势"击"，过分了。

　　"大大小小的案件，虽然不能完全明察，必定按情理去办。"鲁庄公再答。如果曹刿还摇头，就算了。

　　"这是恪尽职守的表现，凭这个可以打一下。"曹刿点头了，"打起来，请让我跟着你。"

　　凭曹刿的"论"能战？鲁庄公不傻。但他不相信曹刿又能怎样？至于曹刿要求一起上前线，就上吧。曹刿，就你能，看你"何以战"。

　　鲁庄公破例，允许曹刿和他同乘一辆战车。这辆战车是新的，上一辆丢在齐国。往事不堪回首。

　　战于长勺。

　　双方对垒，都有套路：擂鼓进兵。齐师鼓声震天，士气爆棚。鲁师不行，但鼓还是有的。鲁庄公"将鼓之"，曹刿说"未可"。鲁庄公愣了一下，破例答应了。

齐师没听见鲁师鼓声，以为他们怕了，呐喊变成耻笑。又擂一次，没看见鲁师应战，耻笑变成说笑。

那就再擂一次噻！

鲁师依旧闭门不出。

这仗不用打了，一会儿直接碾压过去。齐师卸甲宽坐，谈笑风生。

"可矣！"曹刿说。

鲁鼓骤响，3万兵马齐发。齐师措手不及，30万兵马掉头就跑。

鲁庄公反应过来，"将驰之"。曹刿说"未可"。他煞有介事地下车看看，又爬到车的横档上望望，说"可矣"。

遂逐齐师。

齐师完败，死伤逾千。

鲁庄公不知道是怎么赢的，请教曹刿。

夫战，勇气也。一鼓作气，再而衰，三而竭。彼竭我盈，故克之。夫大国，难测也，惧有伏焉。吾视其辙乱，望其旗靡，故逐之。（《左传·庄公十年》）

呵呵，《曹刿论战》，理论指引，曹刿把破罐子破摔的战斗，变成了以少胜多的著名战例。

说实话，"十年春"这一战，对鲁庄公很重要，但对历史进程未必有影响。春秋（公元前770—前476年）时期，周朝衰微，群雄争霸。以致"春秋"过后，干脆叫"战国"（公元前475—前221年）。大战家常便饭，以少胜多也不胜枚举。假如没有曹刿，或者曹刿也以为"肉食者谋之，又何间焉"，长勺之战，算不得什么。

确实算不得什么。以至于《左传》记载，"战"没什么好说的，"论"才是亮点。

但曹刿出现了。

但曹刿出现又怎么样呢？假如鲁庄公不见、不带、不听呢？

但鲁庄公见、带、听又怎么样呢？假如鲍叔牙不是骄兵，假如齐桓公听了刚上任的国相管仲所劝，不急于用兵呢？

又假如，齐襄公不被杀、公孙无知不被杀、没有公子纠与小白之争……细思极恐，所以历史不能假如。

这一仗，仿佛就是为曹刿打的。

"十年春"之后，不再有曹刿。

这是典型的《左传》风格。没大事，就不记。

但有"十年春"，也足够了。

今建国立君，泽可以遗世。

21

一种不老的方式

　　"相邦！"信使翻身下马，双手托着信函，高举过头顶。

吕不韦（？—前235年）稳步走来，气定神闲，接过信函。

　　大家看着吕不韦，目光充满期盼。这位先王秦庄襄王（公

元前281—前247年）任命的丞相、册封的文信侯，当今秦王

（公元前259—前210年）拜认的仲父、任命的相邦，不会总是

蛰伏在河间，应该随时会重返咸阳。所以，各诸侯国的宾客信

使，转道河间，络绎不绝，而他本身家奴过万、门客三千。河

间除了规模不如都城咸阳，气势上如虹贯日，一点儿不输。

　　这对咸阳是一个威胁。但没办法，相邦、仲父就是这个排场。

　　公元前235年的冬天。河间的冬风被阳光照晒着，吹面

不冷。

　　"相邦！"大家跪成黑压压一片，双手抱拳。

　　"呵呵！"吕不韦抽出书信，随手展开：

　　　君何功于秦？秦封君河南，食十万户。君何亲于秦？

　　号称仲父。其与家属徙处蜀！（《史记·吕不韦列传》）

"呵！"吕不韦一笑，抖抖书信，收进袖管。他的脸有些苍老，脸色有些憔悴，但笑容满面，像水面粼粼的波光。

"呵呵呵呵……"大家笑出声。吕不韦轻松的表情，让他们相信，袖管里的，不是召相邦入朝的佳音，但也不是什么噩耗，只是一封普通的书信。

大家高谈阔论，觥筹交错。他们愿意相信，重召仲父、相邦的诏书，正在快马加鞭。

吕不韦趁着大家不注意，绕着回到厢房，对着窗口西斜的太阳，拿出袖管里的信。

你对秦国有何功劳？秦国封你在河南，食邑十万户。你跟秦王有什么血缘关系？而号称仲父。你和你全家都迁到蜀地去吧！

秦王的小篆写得典雅庄重。

"呵！"吕不韦嘴角动了动。他并不感到恐惧和伤心，反而对秦王的铁石心肠感到欣慰。一个帝王，不应该儿女情长。

但他还是从秦王的做法中，体会到脉脉温情。秦王一逐咸阳，再逐河间，始终不杀他。

太阳西移。吕不韦坐在阴影里的卧榻上。面前的金光，仿佛是辉煌的通道，勾连着纷繁错杂的岁月。

吕不韦是卫国的大商人，习惯低买高卖，积累万千家产。如果他一直做下去，富可敌国，但他遇到了异人（秦庄襄王）。

濮阳人吕不韦贾于邯郸，见秦质子异人，归而谓父曰："耕田之利几倍？"曰："十倍。""珠玉之赢几倍？"曰："百倍。""立国家之主赢几倍？"曰："无数。"曰："今力田疾作，不得暖衣余食；今建国立君，泽可以遗世。愿往事之。"（《战国策·秦策》）

《秦策·濮阳人吕不韦贾于邯郸》记载，吕不韦问父亲耕田可获利几倍，父亲说十倍。又问贩卖珠玉可获利几倍，父亲说百倍。再问立一个国家的君主可获利几倍，父亲说不可以数计。

"那我愿意去做。"吕不韦兴致勃勃地说。

异人的父亲是安国君（公元前 302—前 250 年）。安国君是秦昭襄王次子，但长兄夭折，他成为继承人。安国君有 20 多个儿子，异人最不受器重，被送到赵国当人质。吕不韦在赵国都城邯郸遇到异人，认为他"奇货可居"，和他成为密友，还把自己喜欢的歌姬赵姬献给他。安国君最宠爱华阳夫人，但华阳夫人没有儿子。吕不韦用重金买通华阳夫人，让她把异人收为养子，劝说安国君立他为继承人，又设法让赵国放人。

公元前 251 年，秦昭襄王去世，安国君继位为秦孝文王。三天后，秦孝文王突然中毒身亡，异人继位为秦庄襄王。秦庄襄王尊华阳夫人为太后，拜吕不韦为相国、封文信侯。

公元前 247 年 5 月，秦庄襄王病死，他与赵姬所生之子政继立为秦王。这一年，政 13 岁，拜认吕不韦为仲父，任命吕不韦为相邦，朝政交给他打理。

政，就是公元前 221 年灭六国称帝的秦始皇。

"呵呵！我的国！"吕不韦禁不住笑了。他竟然把一个痴人说梦，搞成了天大的现实。君主和国，好像是他做成的一笔大买卖。只不过"宦官"嫪毐与秦王的母亲赵姬私通，传闻沸沸扬扬，而嫪毐是他推荐，赵姬又曾经是他的爱姬，他被秦王逐出咸阳，谪居河间。

太阳下山，光线暗淡，但宾客信使、门生兴趣不减。他们击缶而歌，甩袖而舞，临风而举。

吕不韦从窗后看着他们，像一夜暴富的巨商，看着数不清的金银财宝。

"啪！"吕不韦敲击火石，点亮灯盏。火苗飘动，四壁码放整齐的书册，好像奔跑起来。他的影子在书册里颠簸，仿佛骑在一匹宝马上。十二纪、八览、六论，26卷、160篇、20余万字——他烂熟于心。每一卷、每一篇，甚至每一个字，他都抚摸过，如同摸过每一块金锭、每一文钱。

吕不韦对流行天下的书籍、永垂史册的书家，羡慕不已。他是商人，不擅长著书立说。但他有钱，而且有了权，于是广招门客，给他们食之不尽的美味、取之不尽的钱财，他们的任务就是编写文集。终于，3年前文集诞生，洋洋大观，以"道家学说"为主干，熔诸子百家学说于一炉。他踌躇满志，取名《吕氏春秋》。

屋外的喧嚣，没有一点儿减轻的意思。几个孩子的声音，在嘈杂中清脆如铃：

> 楚人有涉江者，其剑自舟中坠于水，遽契其舟曰："是吾剑之所从坠。"舟止，从其所契者入水求之。舟已行矣而剑不行，求剑若此，不亦惑乎！（《吕氏春秋·察今》）

"呵呵！我的春秋！"他知道，他多了一种与天地不老的方式——书会比国更长久些。

吕不韦从容地走出厢房，绕进人群。

几匹马飞驰而来。

吕不韦看着来人，笑而不语。为了勘误，也为了宣传，他命人把《吕氏春秋》写在布匹上，挂上咸阳城门，悬赏千金。如果有人能增删一字，就给予一千金的奖励。

"相邦，无人领千金。"来人说。

2 年了，没有一个人能够拿到赏金。

"呵呵呵呵……"吕不韦和大家一起笑着。

夜渐深。大家打着呵欠，踉跄着回住处。再热闹的狂欢，总要有一个结束。结束，是为了再来。

夜晚的风大了些，奇寒侵骨，但吕不韦感觉不到冷。他回到厢房，取《吕氏春秋·孟春纪》，压着秦王的书信，然后从卧榻的夹层摸出一个长嘴瓦罐。密封的瓦罐里，盛着早就准备好的鸩。他双手高举，仰头张嘴，让紫绿色的细流注入口中。

"鸩"，一种用有剧毒的鸟羽毛炮制的酒。

既死，秦王没有再放逐吕氏家人。

两心不可以得一人，一心可得百人。

22
—
另一种活法

《淮南子》是西汉年间的一部哲学著作，以道家思想为主，夹杂先秦各家学说。寓言"塞翁失马"，就出自《淮南子·人间训》：

> 近塞上之人有善术者，马无故亡而入胡，人皆吊之。其父曰："此何遽不为福乎！"居数月，其马将胡骏马而归，人皆贺之，其父曰："此何遽不能为祸乎！"家富良马，其子好骑，堕而折其髀，人皆吊之。其父曰："此何遽不为福乎！"居一年，胡人大入塞，丁壮者引弦而战，近塞之人，死者十九，独以跛之故，父子相保。故福之为祸，祸之为福，化不可极，深不可测也。

《淮南子》的作者是淮南王刘安（公元前179—前122年）及其门客，所以也称《刘安子》，还称《淮南鸿烈》，"鸿"即广大，"烈"为明亮，意为此书包括了广大而光明的通理。

刘安的父亲是刘长。刘长的父亲是汉高祖刘邦（公元前256—前195年），哥哥是汉惠帝刘盈、汉文帝刘恒。

刘长与刘盈、刘恒，同一个父亲，各一个母亲。

刘盈（公元前 210—前 188 年），母亲是吕雉——著名的吕后。刘盈是刘邦的第二子、嫡长子。刘邦驾崩，嫡长子刘盈继位，史称汉惠帝。

刘恒（公元前 203—前 157 年），母亲是薄姬。薄姬曾是魏王魏豹的妻子。魏王被韩信打败，薄姬进了刘邦的后宫，生了刘恒。刘恒是刘邦的第四子。刘盈英年早逝，弟弟刘恒继位，史称汉文帝。

刘长（公元前 198—前 174 年），母亲是赵姬。高祖八年（公元前 199 年），刘邦从东垣县经过赵国。赵王张敖是刘邦的女婿，他把嫔妃赵姬献给刘邦。

　　淮南厉王长者，高祖少子也，其母故赵王张敖美人。高祖八年，从东垣过赵，赵王献之美人。厉王母得幸焉，有身。（《史记·淮南衡山列传》）

赵姬身怀刘长的时候，赵国国相贯高等人谋反，赵王张敖受到牵连，她也因此被囚禁。她请人呈报刘邦，说怀了他的儿子，刘邦没有理会。她又请吕后说情，吕后妒忌她，没有理睬。她生下刘长之后，怀恨自杀。狱吏把刘长抱给刘邦，刘邦非常后悔，厚葬赵姬，让吕后收养刘长，并于公元前196年立刘长为淮南王。

刘长与汉文帝刘恒情同手足。他一向骄横跋扈，刘恒一直原谅他。即使他勾结匈奴图谋叛乱，朝廷判他死罪，刘恒还是特赦他。他在流放四川途中，绝食而亡，谥号"厉王"。

有些人当皇帝，似乎不费吹灰之力；有些人即使赔上身家性命，也只能望洋兴叹。

比如刘盈。他虽不是太子，但是嫡长子。他当皇帝，不需要别的，只要有足够的耐心，只要比高祖活得更长久。

比如刘恒。"（薄姬）遂幸，有身。岁中生文帝，年八岁立为代王。"（班固《汉书·外戚传上》）如果刘盈活到成年，有自己的儿子；如果吕后死后，忠于刘邦的丞相陈平和太尉周勃，不诛灭吕氏势力，不废汉少帝刘弘，不商迎刘恒，刘恒一辈子只能在山西太原做代王。但是，"如果"并不成立，满朝文武恭迎刘恒回长安。

刘长就没有这个幸运，所以只能谋反。但谋反哪有那么容易，否则三天两头改朝换代。

同样没有这个幸运的，还有刘安。

刘安是刘长的儿子，同时还是汉高祖刘邦的孙子，汉惠帝刘盈、汉文帝刘恒的侄子，汉景帝刘启的哥哥，汉武帝刘彻的叔父……如果印名片，这些"头衔"能把人吓死。唯一遗憾的是，父亲刘长前面不能冠"汉什么帝"。

刘安没有受到父亲刘长的牵连，相反，汉文帝把对刘长的怜恤，加倍给了这个侄子。他先后被封为阜陵侯、淮南王。他也不是等闲之辈。《史记·淮南衡山列传》记载，他喜欢读书弹琴，不喜欢游戏打猎，善于抚慰百姓，"流誉天下"。他招门客数千人。这些人既是他名声和思想的传播者，也带来了各种思潮、观点、传说、轶事，为他著书立说做准备。

《淮南子》动笔于汉景帝后期，完稿于汉武帝前期。刘安与吕不韦不同。吕不韦"不学无术"但富可敌国，靠金钱收买门客写文章，以求青史留名。刘安饱读诗书，学术修养丰厚，既有钱养得起门客，更凭学养吸引饱学之士，有自己的见解与体系。所以，他"与苏飞、李尚、左吴、田由、雷被、毛被、伍被、晋昌等八人，及诸儒大山、小山之徒，共讲论道德，总统仁义，而著此书"（东汉·高诱《淮南鸿烈集·叙目》）。

《淮南子》是一部伟大的哲学著作。用词精准而华彩，富有哲理和生活气息，警句、名句比比皆是。

比如"目见百步之外，不能自见其眦"（《淮南子·说林训》）。眼睛能看得很远，但看不见自己的眼角。

比如"两心不可以得一人，一心可得百人"（《淮南子·缪称训》）。如果三心二意，得不到任何一个人信任；如果一心一意，会得到众人的支持。

比如"夫华骝绿耳，一日而千里，然其使之搏兔不如豺狼，伎能殊也"（《淮南子·主术训）。这两种骏马一天能跑千里，但让它去捕捉兔子，就不如豺狼，它们所具有的才能不一样。

《淮南子》里还有许多寓言故事，除了"塞翁失马"，还有"一洞之网""恐死忘生"等；还有许多神话故事，比如"女娲补天""后羿射日"等。

当然，刘安的志向不止于写书。他和父亲刘长一样，与皇位之间只隔了一个皇帝，这让他心旌摇动。汉景帝时，吴楚七国举兵反叛，刘安曾想呼应，没能得逞。汉武帝时，刘安和其弟衡山王刘赐、其子刘迁又想篡位，广纳门生变成网罗同党，抚慰百姓变成收买人心，结果阴谋败露。

> 淮南、衡山亲为骨肉，疆土千里，列为诸侯，不务遵蕃臣职以承辅天子，而专挟邪僻之计，谋为畔逆，仍父子再亡国，各不终其身，为天下笑。（《史记·淮南衡山列传》）

刘长企图取代汉文帝，刘安企图取代汉景帝、汉武帝，一家两代叛逆，机关算尽，鸡飞蛋打。刘安的梦想比刘长灿烂，结局也比刘长惨烈：引颈自刎，王后荼、长子刘迁以及参与谋反的，满门抄斩。淮南国从此被废，设立九江郡。

当然，刘安的另一种结局，远比刘长美妙：《淮南子》广为流传。后人就像经常提及汉文帝与汉景帝的"文景之治"、汉武帝的雄才大略和文治武功一样，时而说到《淮南子》的警句、名言以及寓言和神话。刘安在不朽的字里行间，打造了一个巍峨、壮丽的王国，宛若天子。

这倒也印证了"塞翁失马，焉知非福"。

贾谊三年谪，班超万里侯。

23

怎么也不为『过』

· · · · · · · · · · · · ·

《过秦论》是贾谊政论代表作，分上中下三篇。最有名的是上篇，论秦始皇之过，"仁义不施"；中篇论秦二世胡亥之过，"重以无道"；下篇论秦三世子婴之过，"危弱无辅"。

从而得出结论：秦国必亡！

我上小学五年级的时候，无意中看到《过秦论》。《过秦论》看上去很难，也很长。对于既长又难的古诗文，我都绕着走，除非是课文，绕不过去。但那天竟然随手翻开了，突然跳出一个开头，气势磅礴：

秦孝公据崤函之固，拥雍州之地，君臣固守以窥周室，有席卷天下，包举宇内，囊括四海之意，并吞八荒之心。（《过秦论》）

除了"崤"，其余连猜带蒙都读得通、看得懂。即使"崤"，不知道读音和意思，好像也不要紧。联系下文，"雍州"是地名，"崤函"应该也是，否则对不了"对子"。

尝以十倍之地，百万之众，叩关而攻秦。秦人开关延敌，九国之师，逡巡而不敢进。秦无亡矢遗镞之费，而天下诸侯已困矣。于是从散约败，争割地而赂秦。秦有余力而制其弊，追亡逐北，伏尸百万，流血漂橹。因利乘便，宰割天下，分裂山河。强国请服，弱国入朝。延及孝文王、庄襄王，享国之日浅，国家无事。（《过秦论》）

一字不多，一字不少；有事简约铺陈，无事一掠而过；字字铿锵，朗朗上口。每一句都有深意，但每一句都不难懂。把文章写深刻，已经很不容易，而要把深刻的文章写明白，不知道有多难。

这样的文章，我喜欢。当读到"及至始皇，奋六世之余烈，振长策而御宇内，吞二周而亡诸侯，履至尊而制六合，执敲扑而鞭笞天下，威振四海……胡人不敢南下而牧马，士不敢弯弓而报怨"（《过秦论》）。我热血沸腾，觉得每一个字都像明亮的箭簇，呼啸着从2000多年前飞来。

不端不作，不故弄玄虚，不老成持重，不好为人师，不顾影自怜,不杞人忧天,不怨天尤人,不指桑骂槐,不隐喻晦涩……我几乎把能想到的"好话",都给了《过秦论》。

高中时学《过秦论》,却有了不同的体会。这个体会不是深了,而是复杂了,而且带着疑惑。贾谊文笔灿烂、才华卓越,自不必说,但感觉激越有余、沉郁不足,"火气"大于文气,而且"过秦"有些"过"了。

贾谊在《过秦论》中,把秦朝的建立,归功于地理位置优越、变法成功、外交策略得当,以及秦孝公、秦惠文王、秦武王、秦昭襄王、秦孝文王、秦庄襄王等六世的苦心经营,不无道理。但这段文字,似乎更想表示的是,秦始皇灭六国,属于"水到渠成"。我以为,这削弱了秦始皇"千古一帝"的历史贡献。尤其后文,话锋一转:

于是废先王之道,焚百家之言,以愚黔首;隳名城,杀豪杰,收天下之兵,聚之咸阳,销锋镝,铸以为金人十二,以弱天下之民。(《过秦论》)

这是在列数秦始皇的罪状，目的是要把秦朝的灭亡，认定为秦始皇"仁义不施"埋下的祸根。

我很为秦始皇不平。秦与六雄割据，秦六代都无过，怎么秦始皇灭了六国，他及二世、三世全是过？

秦始皇初定天下，危机四伏，即施仁政，不是自寻绝路？胡亥仓皇继位，天下危如累卵，在位仅3年，被逼自杀时也才24岁。守旧都难，哪能维新？子婴执政仅46天，就成了刘邦的俘虏。纵有天才，也难回天。

我为我的发现而自得，但翻遍资料，找不到支持我的文章。相反，《过秦论》自诞生时起，都是褒扬。

司马迁把贾谊与伟大的屈原并列，写《史记·屈原贾生列传》，可见贾谊在他心目中的位置。李白诗云："贾谊三年谪，班超万里侯。"（《田园言怀》）金圣叹在《才子古文》中指出："秦过只是末句'仁义不施'一语便断尽……最是疏奇之笔。"鲁迅先生这样评价："西汉鸿文。"（《汉文学史纲要》）

这是怎么回事呢？

贾谊（公元前200—前168年），洛阳人，西汉时期著名政论家、文学家。18 岁以文章而扬名，20 岁任博士、太中大夫。因能文善论，针砭时弊又不留情面，遭朝廷重臣排挤，前176 年被贬为长沙王太傅；前 174 年，被召回长安，任梁怀王太傅——做汉文帝最喜欢的小儿子梁怀王的老师。公元前 169年，梁怀王骑马摔死；贾谊歉疚不已，一年后（公元前 168 年）抑郁而亡，年仅 33 岁。

不厌其烦写上面的文字，我是想说，大致找到了《过秦论》广被赞誉的原因。

其一，贾谊年少成名，又深得皇帝赏识，不善也不愿掩藏观点。年轻气盛，文如其人。

其二，西汉建立于公元前 202 年。贾谊在大汉 400 多年的初期，就洞悉潜在或显现的各种危机，居安思危，以秦朝覆灭为鉴，著说雄文，振聋发聩，高瞻远瞩。

这是贾谊天才般独特的文风，直截了当，一针见血，意气风发，挥洒自如。

贾谊在世时间不长，著作却很多，而且篇篇珠玑。比如他在 23 岁时（公元前 178 年）的奏章《论积贮疏》中说：

夫积贮者，天下之大命也。苟粟多而财有余，何为而不成？以攻则取，以守则固，以战则胜。怀敌附远，何招而不至！

这篇文章，深刻影响着历朝历代。即使在今天，仍然有很强的现实意义。

比如，贾谊任梁怀王太傅时，文王多次向他征求治国方略。他多次上疏，发表见解。他在《陈政事疏》（又名《治安策》）中说：

故疏者必危，亲者必乱，已然之效也。其异姓负强而动者，汉已幸胜之矣，又不易其所以然。同姓袭是迹而动，既有徵矣，其势尽又复然。殃祸之变未知所移，明帝处之尚不能以安，后世将如之何！

毛泽东对《陈政事疏》非常推崇，称是"西汉一代最好的政论"，认为"贾谊才调世无伦"，无人可比。

还回到我的疑问上。

贾谊的《过秦论》,只是政论不是写史,只是评事不是论人。何况,秦朝毕竟倾覆,怎么"过",也不为"过"。至于"火气"太盛,恐怕要等他年老之后,才有改变的可能。但这种可能是不会有的,他在 33 岁前,就把一生的文章都做完了。

国其莫我知兮，独壹郁其谁语？

24

不问苍生问鬼神

• • • • • • • • • • • • •

车在富丽堂皇的宣室前面停下。翘头履踩到砖石地面的刹那，贾谊兴奋的心一震。

不在这里行走，已经 3 年。

贾谊少年，拜张苍（公元前 256—前 152 年）为师。张苍是荀子（约公元前 313—前 238 年）的学生，汉朝开国功臣，文帝时做过宰相，而且精于算数，与人合著《九章算经》。

名师指点，年少成名。贾谊 18 岁，河南郡守吴公识才，召至门下。吴公才能超群，又得贾谊辅佐，成就卓著，被汉文帝擢升为廷尉。

大才不敢私用，吴公向汉文帝举荐贾谊。

22 岁的汉文帝（公元前 202—前 157 年），征召 20 岁的贾谊（公元前 200—前 168 年）为博士。

是时贾生年二十余，最为少。每诏令议下，诸老先生不能言，贾生尽为之对，人人各如其意所欲出。诸生于是乃以为能，不及也。孝文帝说之，超迁，一岁中至太中大夫。（《史记·屈原贾生列传》）

贾谊在所聘博士中年纪最轻。汉文帝每次问政，年纪大的无以应对，贾谊对答如流。众人佩服，汉文帝也很高兴，不到一年，破格提拔他为太中大夫。

贾谊走在未央宫条石地面上，端庄而自信，直到汉文帝四年（公元前176年），被贬谪长沙，为长沙王太傅。

贾谊被贬，不是因为"错"，而是因为"对"。

公元前179年，贾谊上疏《论定制度兴礼乐疏》。"改正朔、易服色、制法度、兴礼乐。"试图用一整套的制度和礼法，将皇权推崇到至高无上的位置，加强中央集权，约束诸侯的行为，削弱诸侯的力量。

公元前178年，贾谊上疏《论积贮疏》：

管子曰："仓廪实而知礼节。"民不足而可治者，自古及今，未之尝闻……今背本而趋末，食者甚众，是天下之大残也；淫侈之俗，日日以长，是天下之大贼也。

贾谊提出经济主张，重农抑商，发展农业生产，加强粮食贮备，预防饥荒。他还提出政治主张，遣送列侯离开京城，回到自己封地。

贾谊又作《过秦论》，洋洋洒洒、字字珠玑。他指出秦国灭亡的原因是"仁义不施"，在大汉之初，敲响吸取前朝覆灭教训的黄钟大吕。

朝野震惊！

贾谊之说，远超一个言官的眼界和心胸，表现出具有非凡洞察力的政治家的格局和气派。

而且，还那么年轻。

同样年轻的汉文帝，非常赏识贾谊，要提拔他为公卿。做言官，不过说说而已，但公卿是实职，位高权重。刘姓诸侯和因功被分封的外姓诸侯害怕了——贾谊的主张如果实施，严重侵犯他们的利益。

"参他！"周勃、张相如、冯敬等老臣纷纷上书：

> 洛阳之人，年少初学，专欲擅权，纷乱诸事。（《史记·屈原贾生列传》）

这个从洛阳来的什么小子，年纪不大、才学不高，但权欲很大，把很多事情都搞得不可收拾。

诸侯们"错"多了，也就是"对"；贾谊"对"早了，也就是"错"。

汉文帝是被老臣们扶上天子之位的，又登基不久，不敢触犯众怒，但不怕得罪忠臣，打发贾谊去长沙。

公元前 176 年，贾谊的马车在官道上颠簸。走了很远，回望长安，未央宫在阳光下熠熠生辉。

此次一别，何时归？能归否？天知道。

长沙遥远。贾谊一路飘零，身心日下。途经湘江，不禁想起在支流汨罗江自尽的屈原。本来居在庙堂，现却只能远在江湖。他愤而作《吊屈原赋》：

已矣！国其莫我知兮，独壹郁其谁语？凤漂漂其高逝兮，固自引而远去。

算啦，没人理解我，我的心思和谁去说？凤凰高飞，是本来就要远去。

但终究不甘心。"历九州而其君兮，何必怀此都也？"（《吊屈原赋》）无论到哪里，都能辅君王、报皇恩，又何必留恋国都？

贾谊身在长沙，想着长安，惦着未央宫，念着汉文帝，上《谏铸钱疏》《陈政事疏》等，不敢懈怠。

公元前174年，贾谊到长沙的第三年。四月初夏，潮湿闷热，他神思恍惚、身体虚弱，以为不久于人世。一只鹏鸟飞入房间，站在他旁边。鹏鸟被视为不吉祥之物，贸然闯入，他伤感不已，作《鹏鸟赋》。"祸兮福所依，福兮祸所伏。"（《鹏鸟赋》）何以解忧？唯有老庄的齐生死、等祸福。

长安可能回不去了，或者，还要等待。

但汉文帝熬不住，立即召贾谊回长安，立即接到未央宫。

虽在深秋，但朗照了一个白天，傍晚还算温和。远风吹来渭河两岸收割后微醺的气息，吹动未央宫每一座殿阁的金铃。天色还大亮，廊檐飞翘，已经挑起一弯新月。

还是长安好啊！

怎么是宣室？贾谊既惊又喜。

宣室是未央宫的正堂，皇帝日常起居的地方，不示外人。汉文帝在这里召见贾谊，天大的恩宠，或许还暗示着什么？

贾谊慌忙整好衣冠，疾步拾级而上。

汉文帝在宣室，已经等了好久。

"陛下！"

"免礼！"

汉文帝和贾谊对面而坐，开口问的却是鬼神。贾谊一愣，把准备好的治国之策暂放一边，详细地讲述鬼神之事。"至夜半，文帝前席。"（《史记·屈原贾生列传》）夜深了，文帝越听越入迷，又越听越害怕，在座席上总往贾谊身边移动。

东方欲晓。汉文帝目送单薄的贾谊，感叹说："好久没见贾生，以为学问赶上了他，现在看，还是不如啊！"

最近一段时间，大家都在猜测，汉文帝该如何重用贾谊。

周勃等老臣，年事已高、自身难保；贾谊的很多主张，朝廷已在实施，日见成效。汉文帝重用贾谊，水到渠成，而且应该就在今天。

结果，贾谊只是做了梁怀王太傅，也就是梁怀王的老师。

出乎意料。

但是，仔细想想，贾谊已从长沙回到长安，汉文帝随时可问政，梁怀王刘揖又是汉文帝最喜欢的小儿子，而太子多病……莫非？

天子之心不可测。

6 年后（公元前 169 年），梁怀王去见父皇，乐极生悲，骑马摔死。这事和贾谊没有关系，但在长沙养成的多愁善感，让他终日以泪洗面。一年后，抑郁而亡。年仅 33 岁。

所有的猜测，戛然而止。

70 年后，司马迁把同样怀才不遇的贾谊和屈原归于《屈原贾生列传》。

1 000 年后，同样怀才不遇的李商隐，写《贾生》：

> 宣室求贤访逐臣，贾生才调更无伦。
> 可怜夜半虚前席，不问苍生问鬼神。

后人如何评说，对贾谊而言，已经没有意义。所幸的是，他应该看到了中国历史上的第一个盛世——"文景之治"的前奏。

月落乌啼霜满天，江枫渔火对愁眠。

25

怎一个愁字了得

到苏州，第一要去的，自然是寒山寺。

因为心里的那一首《枫桥夜泊》。

我们的目光，要上溯到1 200多年前的天宝十五年（756年）。深秋的夜晚，晴朗萧瑟。一个叫张继的人，坐船在苏州城外逗留。江南凄美的景色，滞住他本来就很茫然的行程。干脆，他让船泊岸边，呆呆地看月亮下沉，听乌鸦惊起。江边一树一树枫叶，江上一点一点渔火，如同他一样，忧愁而惆怅。不知不觉，子夜来临，他的肩上落满了寒霜。寒山寺的钟声就在这个时候响了，把一颗无眠的心，敲打得支离破碎，几近呜咽。

高天的寒与江面的冷，包围着张继。他蜷缩在船头，发出梦呓般的吟哦：

月落乌啼霜满天，

江枫渔火对愁眠。

姑苏城外寒山寺，

夜半钟声到客船。

在此之前，没有几个人知道张继是诗人，寒山寺也没有什么名气。但从这一个夜晚起，一切都改变了。张继和这首七绝，随着钟声而声誉鹊起；寒山寺和钟声，因这首七绝而不绝于耳。这个注定的晚上，亮如白昼，照着无眠的人、无眠的枕头、无眠的山河。

1200多年来，月在落，鸦在啼，霜在下；枫树站着，渔火亮着，钟声响着，船羁留着……这个叫张继的诗人，一直都没离开，就蜷缩在姑苏城外的船头。他的吟哦，像涟漪一般，向深远处扩散，跨越时空，持续影响着后人——有多少人没有吟诵过这首诗？有多少旅人的夜晚，没被撩人的钟声抚摸？不仅如此，这吟哦还传至千帆之外。唐文化对东瀛的影响巨大。不仅《枫桥夜泊》在日本家喻户晓，而且唐诗的影响力也一直排在首位。大和民族对寒山寺魂牵梦绕，但山海相隔，索性在京都西北部青梅市的御岳溪谷仿造一座。

行文至此，我想起在唐朝发生的一件大事：安史之乱。

天宝十四年（755年）——在张继写《枫桥夜泊》的前一年，唐朝节度使安禄山，以"忧国之危"、奉密诏讨伐杨国忠为借口，在河北范阳起兵。由此，揭开安史之乱的序幕。直至宝应二年（763 年），以史思明的儿子史朝义自杀为标志，安史之乱结束。"安史"，指的是安禄山、史思明。他们都是唐朝的大将，重兵在握，但拥兵自重，发动内战，与朝廷分庭抗礼。长达 8 年的战争，使得唐朝人口大量丧失、国力锐减、藩镇割据的局面形成。唐朝由盛而衰。

我再说张继。

张继约生于 715 年，约去世于 779 年。生卒时间"约"，意思是说不清楚准确的时间。这不能怪别人，只能说他在写《枫桥夜泊》之前，确实没有名气；写了《枫桥夜泊》之后，口口相传需要时日，名声还没传开，他就去世了。关于张继，可考的资料不多。但有一点是肯定的，他不是苏州人，是襄州（今湖北襄阳）人。

按理说，张继不应该去苏州。他在苏州没有官职，也没有买卖。如果图有功名，他应该向北，京师长安；如果广交文友，也应该向北，当时的政治、经济、文化中心，都不在江南啊。

但是，张继到江南来了。

因为安史之乱。

张继于天宝十二年（753年）"礼部侍郎杨浚下及第"，意思是考取了进士。天宝十四年（755年）一月，安史之乱爆发。天宝十五年（756年）六月，玄宗仓皇逃亡四川。半个唐朝被拖入乱世的泥沼，但江南政局比较安定，因而大批北民南迁。很多文人南渡避祸，张继就是其中之一。

这么一看，张继的人在旅途、远走他乡，是前途渺茫的漂泊，是有家难回的流浪，是朝不保夕的偷生。难怪他的"愁"那么重啊，像满天的寒霜；难怪他的无眠那么深，像不倒的枫树、不灭的渔火。

不是平常的离愁与乡愁。

安史之乱起于755年，张继的《枫桥夜泊》写于756年。这是时间的次序，更是七绝《枫桥夜泊》的因果。《枫桥夜泊》的背景，是战火纷飞、刀光剑影、山河破碎。

这时候，我要说到另一个人：杜甫。

杜甫生于712年，去世于770年——张继约生于715年，约去世于779年。从时间上看，张继和杜甫年龄相仿。他们还是同乡——杜甫是河南巩县（今河南巩义）人，但祖籍襄阳。所不同的是，杜甫在安史之乱开始的时候，已经蜚声天下。而且他有官职——左拾遗，相当于在现在的国家监察部门工作。即使因为敢于谏言，在759年被贬，也是赴华州（今陕西渭南华山一带）任司功参军。

还有不同的是，杜甫最初没有逃亡江南，而是工作、生活在安史之乱地区，甚至到过灾难最深重的地方，而且做过叛军的俘虏。759年春，他被贬华州，离开洛阳，经新安、石壕、潼关，一路所见，哀鸿遍野、民不聊生。他写下了《新安吏》《石壕吏》《潼关吏》，并写了《新婚别》《无家别》《垂老别》。一个伟大的现实主义诗人，如同新闻记者一样，直面现实、真实记录，由诗而史。

这也是杜甫与张继的不同。

杜甫在华州也待不下去了，流亡蜀地。他在成都搭建的茅屋里，前后生活了6年，写诗240多首，其中有《茅屋为秋风所破歌》。他的茅屋，因而成为圣地。稍有文化的人到成都，首先要去的是"杜甫草堂"，就像到苏州，首选的是寒山寺。

762 年冬季，朝廷在洛阳附近的衡水，大胜叛军。远在成都的杜甫，第二年春天听到这个消息，欣喜若狂，写下七律《闻官军收河南河北》：

剑外忽传收蓟北，初闻涕泪满衣裳。

却看妻子愁何在，漫卷诗书喜欲狂。

白日放歌须纵酒，青春作伴好还乡。

即从巴峡穿巫峡，便下襄阳向洛阳。

也就在这一年，杜甫写了一首七绝《绝句·两个黄鹂鸣翠柳》：

两个黄鹂鸣翠柳，

一行白鹭上青天。

窗含西岭千秋雪，

门泊东吴万里船。

　　两个绝句相比,张继有"乌啼",杜甫有"鹂鸣"。张继有"霜天",杜甫有"青天"。张继有飘零的"客船",杜甫有畅行的"万里船"。

　　张继写于安史之乱开始的后一年,杜甫写于安史之乱结束的一年。难怪一向沉郁、孤愤的老杜心情大好啊,因为安史之乱的丧钟,即将敲响。

幸甚至哉，歌以咏志。

但记几行陈迹

. . . .

古战场赤壁的具体位置，根据 20 世纪七八十年代考古发现，才基本确定在湖北省赤壁市（原蒲圻市）。在此之前的八九百年时间，至少有五处说法：汉阳、汉川、武昌、黄州和蒲圻。最有说服力的，当属黄州，距离蒲圻约 200 公里。

黄州（今黄冈）之说，得益于苏东坡。1079 年，他因"乌台诗案"，被贬为黄州团练副使，写了著名的前后《赤壁赋》，还有家喻户晓的《念奴娇·赤壁怀古》：

大江东去，浪淘尽，千古风流人物。故垒西边，人道是，三国周郎赤壁。乱石穿空，惊涛拍岸，卷起千堆雪。江山如画，一时多少豪杰。

苏东坡在现场，又文名天下，而且黄州确实有赤壁，黄州西去 60 里也确实有乌林镇——赤壁之战就是以火烧乌林、大败曹操而告终。因此，他将古战场赤壁，落户黄州。

其实，苏东坡对赤壁在黄州的说法，并不十分肯定。"人道是"，表明"有人说是"。只是世人被在那儿的诗情打动，对赤壁在哪儿没有深究。

建安十三年（208 年）的赤壁之战，不仅是东汉末年"三大战役"（官渡之战、赤壁之战、夷陵之战）中最著名的一场，也是中国历史上以少胜多、以弱胜强的著名战例，它还是中国历史上，第一次在长江流域进行的大规模水战。

这一仗，非同小可。但这一仗在哪里打的，是一笔糊涂账。

赤壁之战前一年的 207 年，曹操也组织过一次大战，北征乌桓。班师回朝，途中作组诗《步出夏门行》，其中一首《观沧海》，"东临碣石，以观沧海"。"碣石"是一处地名，明确在河北省昌黎县境内，从来没有异议。

曹操只是路过碣石，赤壁却是曹操、孙权、刘备大战之地。无论从哪个角度说，赤壁都比碣石重要得多。那一场旷世大火，离苏东坡不过八九百年，发生地就有多种说法，乃至又需要经过八九百年，才能基本敲实。但是，碣石不止一处，而曹操"东临"的，从一开始就被落实在昌黎。

这是为什么？

这与当事人是否书写有关。"碣石"，当事人曹操写了；"赤壁"，当事人之一曹操没写。

没写赤壁，不能全怪曹操。曹操大胜而写碣石，人之常情；曹操大败没写赤壁，情有可原。只是另外两个当事人、胜利者孙权和刘备，竟然没写一字，就奇怪了。

但也不奇怪。搜寻三国英雄豪杰的文字，不难发现，除曹操之外，其他英雄似乎都不喜欢动笔。

孙权，我没有找到只言片语。刘备，同样如此，只找到了诸葛亮的作品。

先帝创业未半而中道崩殂，今天下三分，益州疲弊，此诚危急存亡之秋也。然侍卫之臣不懈于内，忠志之士忘身于外者，盖追先帝之殊遇，欲报之于陛下也。（《出师表》）

夫君子之行，静以修身，俭以养德。非澹泊无以明志，非宁静无以致远。夫学须静也，才须学也，非学无以广才，非志无以成学。（《诫子书》）

曹操，我找——还用找吗？

曹操留下丰厚的著作。作品无不感情真挚、气韵沉雄、格调慷慨，不仅开一代文风，对后世也产生了极为巨大、深远的影响。

曹操存有乐府体诗歌 20 多篇，篇篇传世。其中涉及时事的，如《薤露行》《蒿里行》《苦寒行》等，被誉为"汉末实录，真诗史也"（明·钟惺《古诗归》）。

铠甲生虮虱，万姓以死亡。白骨露于野，千里无鸡鸣。生民百遗一，念之断人肠。（《蒿里行》）

北上太行山，艰哉何巍巍！羊肠坂诘屈，车轮为之摧。树木何萧瑟！北风声正悲。（《苦寒行》）

曹操抒发情感、表述理想的诗，妇孺皆知。"日月之行，若出其中；星汉灿烂，若出其里"（《观沧海》），"老骥伏枥，志在千里。烈士暮年，壮心不已"（《龟虽寿》），"山不厌高，海不厌深。周公吐哺，天下归心"（《短歌行》），气势磅礴、神采飞扬。

曹操还著有《请追增郭嘉封邑表》《与王修书》等散文，诚挚率真，字字珠玑，史称"建安风骨"。

> 孤始举孝廉，年少，自以本非岩穴知名之士，恐为海内人之所见凡愚，欲为一郡守，好作政教，以建立名誉，使世士明知之；故在济南，始除残去秽，平心选举，违迕诸常侍。（《述志令》）

很难想象，戎马倥偬、殚精竭虑一生的曹操，竟然留下这么多灿烂的诗文。

不仅如此，次子曹丕，著《典论》，是中国最早的文艺理论批评专著；作《燕歌行》，是中国现存最早的文人七言诗；撰《列异传》，是中国现存最早的一部描写鬼类故事的志怪小说。

文以气为主，气之清浊有体，不可力强而致。譬诸音乐，曲度虽均，节奏同检，至于引气不齐，巧拙有素，虽在父兄，不能以移子弟。(《文选·典论论文》)

明月皎皎照我床，星汉西流夜未央。牵牛织女遥相望，尔独何辜限河梁。(《燕歌行》)

三子曹植，著《洛神赋》《白马篇》《七哀诗》等，"骨气奇高，词采华茂，情兼雅怨，体被文质，粲溢今古，卓尔不群"(南朝·钟嵘《诗品》)。

东吴如同黑暗与死寂的长夜。诸葛亮使得西蜀的荒瘠，有了一簇生动。曹操连同曹丕和曹植，让曹魏熠熠生辉，成为亘古不灭的星月。

再回头看赤壁。

三国大战，多少英雄喋血，但赤壁莫衷一是。苏轼一己诗文，造成一个美丽的误传，被誉为"文赤壁"。真正的赤壁，已找不到一丝昔日的影子，但苏氏赤壁，千年屹立，引无数后人"一樽还酹江月"。

天下豪杰，刀光剑影、你死我活，拼不出一个江山，但文字里江山如画、万古不朽。正如曹丕在《典论》中所说："盖文章经国之大业，不朽之盛事。年寿有时而尽，荣乐止乎其身，二者必至之常期，未若文章之无穷。"

历史长卷，风起云涌。"一篇读罢头飞雪，但记得斑斑点点，几行陈迹。"（毛泽东《贺新郎·读史》）孙权和刘备渐行渐远，曹操却时常在我们耳边吟诵，"幸甚至哉，歌以咏志"。

汉宗室能赋者，几得十之三，何其盛也！

字里行间的风景

秦朝末年，天下大乱，最终崩塌。秦朝被推翻，项羽封刘邦为"汉王"。公元前 202 年，刘邦在楚汉之争中获胜，称帝，建立汉朝，定都长安。

汉朝从多年的兵荒马乱中诞生。照理说，一个乱世之后，需要经过若干年的努力，才能国泰民安。这就像一座大厦倾覆，需要多年的清理、规划、重建，才能得以耸立。

汉代似乎不是这样。

汉朝由秦朝而来。

秦朝很强大，不然不会灭六国，结束自春秋战国 500 年来诸侯分裂割据的局面，成为中国历史上第一个多民族共融的中央集权制国家。中央集权制的建立非常了不起，之后中国 2000 多年政治制度，基本上就是这个格局。

秦朝的强大，还可以从筑长城上看出来。国库不充实，长城修不起；百姓不强壮，长城修不了；疆土不辽阔，长城修了也没用。

按照秦始皇的构想，秦朝将千秋万代，可惜过二世就被灭了。这个伟大的朝代，甚至来不及留下多少颂扬的文字，就在揭竿而起中，像一个巨人一样轰然倒地。倒是尾随而至的、同样伟大的汉朝，为其总结教训的文章连篇累牍，比如贾谊的《过秦论》，当然还有司马迁的《秦始皇本纪》《陈涉世家》。

秦速朽，但大模样、大格局、大气度在，为汉朝406年，奠定了坚实的基础。

406年，这是中国迄今统一时间最长的朝代。

汉代，人口繁多，国土面积广大。汉高祖刘邦至汉景帝刘启，经济实力上升，汉朝成为东方第一大帝国，与罗马帝国东西辉映。汉武帝时期，汉王朝已经成为世界上最强大的王朝之一。这是国力。

汉武帝时期，霍去病跨越千里，深入大漠，大败匈奴，封狼居胥。匈奴帝国不得不挥别长城，掉头西去。中亚和西域各国，闻声而动，惊心动魄。张骞出使西域，开辟"丝绸之路"，打通东西方贸易的通道。汉宣帝时期，驱逐匈奴在西域的势力，迫使其西逃至中东和东欧，从而一统西域诸国，设西域都护府。从此之后的1000多年，直到成吉思汗的铁骑横扫，中国一直是世界贸易体系的中心。这是国势。

....

汉朝，如旭日喷薄而出，照耀东方，并且光耀世界。

伟大的朝代，一定要有伟大的叙述。秦朝短暂，汉朝有的是时间。于是，"赋"这个文体，成熟了。

赋兼具诗歌和散文性质。无论"铺采摛文，体物写志"（南朝·刘勰《文心雕龙·诠赋》），还是"赋体物而浏亮"（西晋·陆机《文赋》），都指出了赋的特点：描绘客观事物，讲究文采、韵律。

赋源于荀子、发于《楚辞》，到了汉代得以兴旺，不是没有道理的。一方面，汉代政权巩固、国力强大、疆域辽阔。前无古人的丰功伟业，需要有一种合适的文体记载与宣扬。而似乎只有散韵结合、专事铺陈的赋，才能配得上如此盛世。另一方面，汉代的辽阔、宏伟、强大，能为规模巨大、结构恢宏、气势磅礴、语汇华丽，往往是成千上万言的鸿篇巨制，提供、注入足够丰富的内容。

时代需要赋的文体，赋需要时代的内容。水到渠成，相辅相成。

司马相如、枚乘、扬雄、班固等，都是作赋的大家。他们创作的《子虚赋》《上林赋》《七发》《河东赋》《羽林赋》《两都赋》等，名闻天下。

　　而汉宗室能赋者，几得十之三，何其盛也！（《诗薮》外编卷一《周汉》）

　　明代胡应麟这段文字的意思是说，汉代宗室十个人当中，就有三个人能赋。这说明汉代作赋是朝廷倡导之事，也是文人分内之举，因而创作蔚然成风，成果卓越。这也从另一个角度非常好地说明，当时文化水平普遍较高，语言交际典雅、高贵。

　　汉代文明，实在是光彩夺目。

　　东汉末年，群雄纷起，逐鹿中原。汉朝的尾声到了，但文明依旧熠熠生辉。

　　看看汉代的战争吧。

　　两军对垒，先摆阵势。阵势不得体，不仅要被耻笑，也不可能得胜。即使侥幸获胜，也丢人现眼。两军相逢，一方先下战书，一方可以闭门不战。一旦交战，最高统帅从来不藏在暗处，行不更名，坐不改姓，身后一杆大旗，就是名片。双方阵前，排开数员大将,但只一对一出战,群殴绝对为人所不齿。双方大战,背景是呐喊和擂鼓;天色已晚,鸣金收兵,择日再战。如果一方主帅看见自家战将处于下风,也会鸣金收兵,对方即使占尽优势,也决不"追穷寇"。

这是汉代的战争。

文明是强大的,一旦诞生,即使暗无天日,也明亮如炬;即使暴风骤雨,也根深蒂固。

《三国演义》中,关云长坚决不改投曹操。曹操在他落难之际,真心挽留。他不仅不允,居然和曹操讲条件,"身在曹营心在汉"。曹操是何等人物? 竟然答应了。曹操本可以除掉关云长,以绝后患,但没有动手,也不肯动手。关云长听到"哥哥"刘备的下落,归心似箭,曹操还是有机会杀死他——曹操本来也有机会杀死刘备,却在那里煮酒论英雄——依然没有。关云长带着"嫂嫂"千里走单骑,过五关斩六将,曹操不仅不恼怒,还送通关公文。

公元 208 年,曹操挥师南下。大战在即,丞相趁着酒兴,舞着兵器槊说"吾当作歌,汝等和之",然后吟诵"青青子衿,悠悠我心"(《短歌行》),念念不忘关云长。火烧赤壁,曹操大败,落荒而逃。华容道上,关云长立马横刀。他一番言语,关云长放他一条生路——这是通敌之罪,罪可致死!但诸葛亮没有怪罪关云长,而是早就料到他会有如此选择,宁可失去一次决定性的胜利,也要给他一次解开心结的机会。

不仅如此,刘备也没有怪罪诸葛亮和关云长。

大汉文明,成全了一个近乎完美的"关公"。

历史是由不得"假设"的,但"假设"仍然是一个巨大的诱惑,让我们蠢蠢欲动。撇开《三国演义》是小说不谈,我们不妨假设一下,假设关云长生擒了曹操,历史将是怎样一个面目?不敢想象。

但是,关云长怎么可能生擒曹操!

汉代,多么卓尔不群、居高临下!这也是今天有汉民族、汉字等文化概念的根本原因。

江山总被风吹雨打去,英雄人物大浪淘沙,唯有文化永存。文明之光,如一簇簇星火,闪烁在字里行间。

凡日月所照，江河所至，皆为汉土。

时代的最强音

"明犯强汉者，虽远必诛。"2000多年前诞生的宣言，至今让人热血沸腾。但它最早出自谁人之口，很多人并不清楚。有人以为是张骞，也有人以为是班超，还有人以为是班固。

认为是张骞、班超并不奇怪。汉代出使西域的使者，最著名的当属西汉的张骞和东汉的班超。

神爵二年（公元前60年），汉宣帝刘询设置"西域都护"。"西域"一词正式出现。所谓"都护"，顾名思义"全部监护"，是当时驻守西域的最高长官。郑吉（？—前49年）为首任西域都护。

关于西域的地理位置，《汉书·西域传上》这样描述：

西域……皆在匈奴之西，乌孙之南。南北有大山，中央有河，东西六千余里，南北千余里。东则接汉，陇以玉门、阳关，西则限以葱岭。

简单地说，西域在匈奴西边、乌孙（伊犁河流域）南边和葱岭（帕米尔高原）东边。汉朝与西域之间隔着匈奴。匈奴以为汉朝鞭长莫及，既骚扰汉朝边疆，又侵犯西域，并且阻隔西域各国归顺汉朝。

张骞（公元前164—前114年），于建元三年（公元前138年）出使西域，主要任务是贯彻汉武帝的战略，联络大月氏（游牧在河西走廊西部、张掖至敦煌一带，是匈奴的劲敌），夹击匈奴。但他中途被俘、被困长达10年时间，12年后的元朔三年（公元前126年），才返回长安。他以汉文化广泛地影响西域，首开丝绸之路，但他没有征战的经历，没有机会说"明犯强汉者，虽远必诛"。

毕竟，这不是心血来潮的口号。

班超（32—102年），投笔从戎，于永平十六年（73年）随奉车都尉窦固北击匈奴，后出使西域三十年，永元十四年（102年）八月回到洛阳。

西汉有张骞，东汉有班超，皆一时人杰，不可多得。吾谓超之功尤出骞上，骞第以厚赂结外夷……超但挈吏士三十六人，探身虎穴，焚杀虏使，已见胆力；厥后执兜题，定疏勒，指挥任意，制敌如神，而于中夏材力，并不妄费……

（清·蔡东藩《后汉演义》）

蔡东藩（1877—1945年）认为，张骞和班超都是了不起的人物，但班超的功劳比张骞大，因为张骞只知道用钱物去安抚，班超最终靠武力让西域臣服。蔡东藩的话不无道理，只是张骞和班超身处西汉、东汉，形势不一样，朝廷战略不同，二人出使的任务各异，并不能据此评判高下。

史书记载，班超只带36人，深入西域，奋勇杀敌，又抓疏勒王兜题，平定疏勒（今新疆喀什一带），指挥有方，用兵如神。

建初五年（80年），班超呈《请兵平定西域疏》给汉章帝刘炟，分析西域各国形势及自己的处境，提出了趁机平定西域各国的主张。

班超说，他曾经看到先帝想打通西域，因而往北进击匈奴，向西域派出使者，鄯善国（本名楼兰，今新疆罗布泊西岸）和于阗国（今新疆和田）当即归附大汉。现在拘弥、莎车、疏勒、月氏、乌孙、康居等国又愿意归顺汉朝，共同出力，攻灭龟兹（今新疆库车县），开辟通往汉朝的道路。如果攻下了龟兹，那么西域尚未归服的国家就屈指可数了。

以夷狄攻夷狄，计之善者也。（《后汉书·班梁列传》）

班超在上书中提出"以夷制夷"之策，打动了汉章帝。汉章帝派兵遣将，驰援班超。班超从此攻城拔寨，所向披靡，威震远域，恢复了汉朝与西域断绝了65年的关系。

永元七年（95年），朝廷为了表彰班超的不朽功勋，下诏封他为定远侯——史称"万里封侯"。

永元十二年（100年），年老多病的班超思乡心切，上书朝廷，请求回国——哪怕回到玉门关内。汉和帝刘肇大受感动，召班超回朝。永元十四年（102年）八月，班超回到洛阳，被任命为射声校尉。同年九月，班超病逝，享年71岁。

班超万里征战，戎马一生，精忠报国，可歌可泣。他说过"不入虎穴，不得虎子"（南朝·范晔《后汉书·班超传》)，但没说过"明犯强汉者，虽远必诛"。

班超不用说，因为已经有人豪言在先。"明犯强汉者，虽远必诛"，融入每一位汉人的血液，成为伟大的精神指引。

那是班固说的吗？班固是班超的兄长，班超出使西域，他专修《汉书》。《汉书·傅常郑甘陈段传》中，有这样一段文字：

明犯强汉者，虽远必诛。

"明犯强汉者，虽远必诛"，首次出现在《汉书》中，而《汉书》的作者是班固。出处似乎有了定论。但细读文章，不难发现，这段话是班固引用，作者是西汉名将陈汤。

陈汤（？—约前 6 年），山阳瑕丘（今山东兖州）人。建昭三年（公元前 36 年），他任西域都护府副校尉，和西域都护府校尉甘延寿出使西域。他"为人沉勇有大虑，多策谋，喜奇功"（《汉书·傅常郑甘陈段传》）。他最重要的一仗，就是趁甘延寿生病，抓住战机，假托圣旨，大获全胜。随后，他写奏折《上疏斩送郅支首》，连同郅支单于的首级，呈送给远在长安的汉元帝刘奭：

> 郅支单于惨毒行于民，大恶通于天。臣延寿、臣汤将
> 义兵，行天诛……陷陈克敌，斩郅支首及名王以下。宜悬
> 头槀街蛮夷邸间，以示万里，明犯强汉者，虽远必诛。(《汉
> 书·傅常郑甘陈段传》)

陈汤在上书中说，郅支单于罪恶滔天，我们把他和他的部
下消灭了。应该把郅支单于的头，悬挂在长安槀街属国节度使
聚居的地方，以警示天下。让敢于侵犯强大汉帝国的人明白，
即使距离再远，也必遭诛杀。

"明犯强汉者，虽远必诛"，铁血铿锵。这既是身经百战的
将军在向朝廷报告功绩，更是大汉王朝对觊觎之徒的雷霆震慑。

陈汤出使西域，功勋不在卫青、霍去病之下，被封关内侯、
追谥"破胡壮侯"。但他假传圣旨，虽然汉元帝原谅了他，却
从当时起就多被争议，甚至因此仕途沉浮。这或许是他未能名
声显赫和远扬的原因。

遥想当年，伟大的时代开疆拓土，既横刀立马，也豪情满怀。傅介子说："汉兵方至，毋敢动，动，灭国矣！"（《汉书·傅常郑甘陈段传》）霍去病说："匈奴未灭，无以家为也。"（《史记·卫将军骠骑列传》）正是上下同心，汉王朝才会站在世界之巅，汉宣帝也才能竖"定胡碑"：

凡日月所照，江河所至，皆为汉土。

声震寰宇，不绝至今。

北宋人张预，从《史记》等十七史中，选一百位名将编写传记，成《十七史百将传》。其中西汉有陈汤，东汉有班超。

天似穹庐，笼盖四野。

唇边的朝代

如果要说起朝代，我首先想到的应该是秦汉，或者唐宋，也可能是明清。这些朝代很大，人与事很多，话题也多。

或许有人问，为什么不会想到说"三国"？"三国"值得说的也多，但它更像是存在于东汉末年的三个政治军事集团。

大概率不会首先想到说南北朝。

南北朝（420—589 年）是南朝和北朝的统称。南朝、北朝与西汉、东汉不同。先有西汉，再有东汉，先后关系；南朝、北朝同时存在，并列关系。南北朝开始于 420 年刘裕建立南朝宋，结束于 589 年隋灭南朝陈。南朝由汉族建立，有宋、齐、梁、陈四朝。北朝由鲜卑族建立，有北魏、东魏、西魏、北齐和北周五朝。

本来山河一统，不料南北分裂。南北都有征服对方的心思，只是都没有了征战的实力，而且双方各自混乱不堪、焦头烂额，也无暇向对方用兵。南朝的宋，统治时间最长，也不过四朝、八帝、历 60 年；南朝的齐，只维持了 24 年，却经历三代七帝，平均 3 年一帝，朝代更换像风翻书。北朝呢？一个"魏"，就在刀光剑影、弑君篡位中，从北魏裂变成东魏、西魏。这种情况下，南北只得对峙，分而治之。这就像"三国"，彼此都心有余而力不足，不得不"鼎立"。

南北割据，天下大乱。这对江山社稷、黎民百姓来说是灾难，却也给史家以材料、众口以谈资。仔细想想，南北朝值得一说的，并不在少。但是，我不仅不会首先想到说南北朝，连带着说南北朝之前的晋、之后的隋，估计也不大可能。

究其原因，实在是因为夹着这一时期的汉、唐，高如巨峰、亮如朗日，卓然恢弘、气象万千。

但如果一定要说南朝呢？

我脱口而出的，应该是"南朝四百八十寺"。原因很简单，"南朝"——"四百八十寺"，还有比这更妥帖的连带吗？ 由这一句，又很自然地联想上下句，说起一首诗：

千里莺啼绿映红，

水村山郭酒旗风。

南朝四百八十寺，

多少楼台烟雨中。

297

这是杜牧（803—852年）的诗《江南春》。一笔"千里"，看似平常、随意，却把江南轻揽。莺歌燕舞、绿叶红花，村舍临水、城廓依山，和风浩荡、酒旗招展。忽而细雨如烟，南朝遗留的许多座寺庙若隐若现。

有空间，有时间；有声音，有色彩；有静，有动；有晴朗，有烟雨；有掩不住的酒香，有挡不住的钟鼓；有现实描摹，有历史追溯；有满眼轻快、欢喜，有满腹苍凉、惆怅。

《江南春》，经典永流传。

问题来了。这首诗既不是南朝人写的，写的也不是南朝。这首诗是唐朝人写唐朝，只不过在唐朝的土地上，看到存有南朝遗迹。

可是，如果要说南朝，除了这首诗，我一时半会儿真想不起其他什么。

那么，如果一定要说北朝，我会说什么呢？

我脱口而出的，应该是《敕勒歌》。原因也很简单，我从小这样背诵：北朝民歌《敕勒歌》。这样的诵读，不计其数。因此，《敕勒歌》与北朝民歌结合一体，彼此不分。说北朝民歌，自然会想起《敕勒歌》；说《敕勒歌》，无疑会说到"北朝民歌"。北朝就这样被深刻在脑海里。

敕勒川，

阴山下。

天似穹庐，

笼盖四野。

天苍苍，野茫茫，

风吹草低见牛羊。

《敕勒歌》选自《乐府诗集》。《乐府诗集》的编者是宋朝的郭茂倩（1041—1099年）。他精于考据，学识渊博。《乐府诗集》收集了"乐府双璧"——《孔雀东南飞》和《木兰诗》，并在第86卷《杂歌谣辞》中，收录了北朝民歌《敕勒歌》。

我最初读《敕勒歌》，最大的感受就是壮丽和辽阔。

"敕勒"是古代少数民族部落，"川"是流经敕勒部落的一条河，似乎未见其大，但如果背景是阴山——这个中国传统文化符号，横亘于内蒙古中部与河北北部，绵延1000多公里，立刻天高地阔。先把天空描绘成"穹庐"，想象雄伟；再让"穹庐，笼盖四野"，气魄宏大。

这是一幅生动的画面，有山河和天地，有生活的烟火和生命的勃发，有云卷云舒和水草丰茂，有牛羊的隐现和欢叫。

人在画外。

史书中最早提到《敕勒歌》的，是李延寿。

李延寿是唐代著名的史学家，生卒年代不详，能肯定的是生活在唐朝初年。他参加过《隋书》《五代史志》《晋书》及当朝国史的修撰，并且独立撰成《南史》《北史》——这些业绩足以让他不朽，生卒年代似乎不重要了。

李延寿在《北史》卷六《齐本纪》记载，公元546年，北朝的东魏权臣高欢（496—547年），率兵10万，从晋阳进攻西魏的军事重镇玉壁（今山西稷山县西南），损兵7万，大败而归。返回晋阳的路上，谣传他身中乱箭，奄奄一息。他为稳住军心，带病宴请大臣。席间，命部将斛律金（488—567年）用鲜卑语（北齐使用的语言）唱民歌《敕勒歌》："敕勒川，阴山下……"

将士思乡，而家乡就在返程之路的尽头，于是军心大振，将士归乡。

啊——《敕勒川》，这首流传于黄河以北的民歌，还曾经是一首悲壮之歌。知道这样的背景，吟诵的时候就多了苍莽和雄浑。

我不知道鲜卑语如何发音，诵读的是翻译成的汉字。家喻户晓的经典，成于鲜卑语，传于汉语。语言各异，但情感相融、心灵相通。

如果要说北朝，除了这首民歌，我同样一时半会儿想不起其他什么。

有意思的是，如果我要说秦汉，或者说唐宋，或者说明清呢？可说的太多了，我要选择，反而一时语塞。但说起南北朝，我反而别无选择，脱口而出。

难道不是这样吗？

南朝——"南朝四百八十寺"；北朝——北朝民歌《敕勒川》。

还有什么比这更天衣无缝的关联？由此我想到，一个时代，总得有一个时代的印记。不管印记多少，哪怕只有一个，甚至不管记载的人、搜集的人是不是属于这个时代。只要说起这个印记，这个时代就会召之即来。

这个时代就不会真正逝去。

这个时代可能就在唇边，如同一首诗，或者一支歌。

何况，稍作思量，关于南北朝，真的并不只有一首诗、一首歌。

遥知不是雪，为有暗香来。

江南的馈赠

竹林深处的小河边，有一丛梅花，密密匝匝。深冬雪后，说不定的某一天，那丛梅花就含苞、开放。剪几根枝条，插在有水的瓶子里，家里有一缕缕特别的香气。

后来我写作文，说我喜欢梅花：

细长的枝条上，有一点一点的梅朵，像落了一排蜜蜂。是的，像蜜蜂，蜜蜂一样的大小，蜜蜂一样的颜色……

语文老师说写得好。但他说，这是腊梅花，不是梅花。我第一次听说腊梅花不是梅花。谁是梅花？老师回宿舍拿来挂历，掀到12月，有一幅中国画。黝黑、遒劲的树干，像一块沉睡已久的铁疙瘩，开着几朵蝴蝶大小的红梅。这幅画有一个名字：《红梅赞》。

"梅花有树干，所以是一棵。"老师说，"腊梅花是灌木，所以是一丛。"然后，他在黑板上写了一句诗：

疏影横斜水清浅，暗香浮动月黄昏。

老师告诉我，这是梅花，宋代诗人林逋（世称"林和靖"）《山园小梅》中的名句。

我留心梅花，找不到，但找到一首词——毛泽东的《卜算子·咏梅》：

风雨送春归，飞雪迎春到。已是悬崖百丈冰，犹有花枝俏。

俏也不争春，只把春来报。待到山花烂漫时，她在丛中笑。

读着，自觉心胸开阔、豪情万丈。

因为这首词前有引言"读陆游咏梅词，反其意而用之"，于是我找来陆游的《卜算子·咏梅》："驿外断桥边，寂寞开无主。已是黄昏独自愁，更着风和雨。无意苦争春，一任群芳妒。零落成泥碾作尘，只有香如故。"

边读边感觉到，一个嶙峋老人，站在无人处，身上冷、心底寒。

如果说毛泽东的《咏梅》壮美，陆游的《咏梅》则是凄美。同是赏梅，为什么咏的区别如此之大？

老师说："时代、环境、遭遇、格局都不同，写下来的也不一样。"

"'一切景语皆情语。'"老师又说。

我盼寒风凛冽、大雪纷飞，可以踏雪寻梅。每年，冬天都如期而至，梅却极少见。这也难怪。梅应开在断桥边、驿路上、寂寞里，而城市车来车往、熙熙攘攘。

那么梅呢？

梅在诗词里。

摽有梅，其实七兮。求我庶士，迨其吉兮。

摽有梅，其实三兮。求我庶士，迨其今兮。

摽有梅，顷筐塈之。求我庶士，迨其谓之。（《召南·摽有梅》）

这大概是最早出现"梅"的诗歌。树上的梅子啊，还有七成，只剩三成就要收进筐子了。想要娶我的小伙子啊，请抓紧时间。

《诗经》中的梅，除了"子"，还有"树"："终南何有？有条有梅。"（《秦风·终南》）终南山上有什么？有山楸也有梅树。"山有嘉卉，侯栗侯梅。"（《小雅·四月》）高山之上生着名贵花卉，有栗树也有梅树。

但没有"花"。

我查资料知道，梅是我国特有的树种。先秦之前，梅并不用来观赏。考古发现证明了这一点。1975 年，考古人员在距今 3 200 多年的安阳殷墟商代铜鼎中，找到了梅核。

《诗经》没说梅花，就不奇怪了。

种植、培育观赏梅，从汉代开始。"被以樱梅，树以木兰。"（西汉·扬雄《蜀都赋》）老师那幅画上的梅花，是唐代培育出来的"朱砂梅"，俗称"红梅"。"蜀州郡阁有红梅数株。"（宋·尤袤《全唐诗话》）这是关于"红梅"的最早记载。宋代，诗人范成大写出了世界第一部《范村梅谱》。

有了观赏梅，写梅，成了文人必修的功课。

李白写过"寒雪梅中尽，春风柳上归"（《宫中行乐词》其七）；杜甫写过"梅蕊腊前破，梅花年后多"（《江梅》）；苏轼写过"携手江村，梅雪飘裙。情何限、处处消魂"（《行香子·携手江村》）；李清照写过"一枝折得，人间天上，没个人堪寄"（《孤雁儿》）；卢梅坡写过"梅须逊雪三分白，雪却输梅一段香"（《雪梅》）；王冕写过"不要人夸好颜色，只留清气满乾坤"（《墨梅》）……《全宋词》收词2万多首，涉及梅的就有6 000多首。

梅开在最冷的季节，让一片肃杀中有了点点生机。那是伟大的指向，紧跟着的，将是无限的勃发、怒放与茂盛。因此，梅历来被大家喜爱，入诗、入词、入文、入画、入书、入曲、入谱、入戏……主题很多，孤傲、高洁、独立、友情、相思，并由此提炼出一个民族的风骨与精神。

万花敢向雪中出，一树独先天下春。（元末明初·杨维桢《道梅之气节》）

大学毕业，我到南京工作。金陵的梅很有名气，东郊一座山，就以"梅花"命名。每年春寒料峭，就有人传来梅讯：开了。

去东郊的人，陆陆续续多了起来。

我不去梅花山。梅花山在郊外，过去交通不便，也算是在僻静处。但满山是花，热闹得狠，不是梅所希望的。梅态离不开横、斜、疏、瘦；梅韵贵稀不贵密、贵老不贵嫩、贵瘦不贵肥、贵含不贵开。梅花交头接耳、盛开如海，哪里能横、斜、疏、瘦，怎么能稀、老、瘦、含？

那年，南京大雪。我天明即起，踏雪山行，登顶已是下午。坐在一处断垣上喘气，隐约闻到一丝清香。嗅着寻过去，断垣背后，横斜一株红梅。我欣喜若狂，想抒发什么，脱口而出：

墙角数枝梅，凌寒独自开。遥知不是雪，为有暗香来。
（北宋·王安石《梅花》）

我没能说出自己的声音，有些遗憾和扫兴，但又释然和欣然。先辈的观想，瞬间和我呼应。思接千载，彼此通融。经典的魅力就在这里，经典永流传的理由也就在这里。

南宋绍熙二年（1191 年）隆冬，词人姜夔，冒着飞雪去苏

311

州，探访诗人范成大。范成大请他作新曲，他写了两首。范成大非常喜欢，一首命名《暗香》，另一首命名《疏影》。

有一天，我偶读《暗香》与《疏影》，怦然心动，不禁想起黑板上的"疏影横斜水清浅，暗香浮动月黄昏"。

"疏影"与"暗香"，自林和靖之后，就是梅花的代名词。范成大和姜夔，将其夯实了。

无意之间，在宋元时期张炎的《词源》中，看到这样评价：

> 诗之赋梅，惟和靖一联而已，世非无诗，不能与之齐驱耳。词之赋梅，惟姜白石暗香疏影二曲，前无古人，后无来者，自立新意，真为绝唱。

看似偶然和无意，其实是注定与机缘。

我写这篇文章的时候，正值冬末春初。抬望眼，夜色在退，曙色渐明。窗外篱边，斜过一株早梅。我不由得想起南北朝诗人陆凯的诗句："聊赠一枝春。"

这或许是江南对我的馈赠。